Bodil Malmsten

Der Preis des Wassers in Finistère

Bodil Malmsten

# *Der Preis des Wassers in Finistère*

Roman

Aus dem Schwedischen
von Sigrid Engeler

Deuticke

Die Originalausgabe erschien erstmals 2001
unter dem Titel *Priset på vatten i Finistère* im
Albert Bonniers Förlag, Stockholm.

1 2 3 4 5 11 10 09 08 07

ISBN 978-3-552-06052-4

Satz: Eva Kaltenbrunner-Dorfinger, Wien
Druck und Bindung: Ebner & Spiegel, Ulm
Printed in Germany

*Dieses Buch ist*
*Karin Olivia Alm, geb. Jönsson 1891–1988 – Momma*
*Siv Malmsten, geb. Munthe 1894–1987 – Großmutter*
*gewidmet*

# *So weit weg und ganz allein*

Ich sitze in meinem Garten in Finistère und fülle Adressänderungskarten aus. Es ist Anfang September des Jahres zweitausend, Nachmittag, dunstig. Der Atlantik atmet Gezeiten und Tang, die Warnsignale der Boje erinnern an den Ruf einer Eule.

Ich wohne in Finistère, weil ich hierher gezogen bin. Das ist kein Zufall, für eine erfahrene Frau gibt es keine Zufälle.

Wer mit offenen Augen schläft, findet.

Ein paar Monate, länger dauerte es nicht. Ich verließ das Land, in dem ich fünfundfünfzig Jahre lebte, es war an der Zeit. Von Freiheit wie berauscht fuhr ich, suchte nicht, aber fand Finistère. Nicht weit entfernt von Brest wurde es warm und immer wärmer, und dann dauerte es nicht mehr lange, und ich stand vor dem Stück des Paradieses, das mir gehört.

So, wie es für jeden Menschen einen Partner gibt, hat jeder seinen Platz. Man muss unter all den Milliarden, die zu einem anderen gehören, seinen nur finden, man muss hellwach sein, muss auswählen.

Mein Platz liegt dort, wo die Landmasse Europas endet – fin des terres, finis terrae – Finistère.

Diese Landschaft hier ist meine, wir gehören zusammen, die jähen Wetterwechsel, die Extreme. Regen ohne Ende, und plötzlich zerreißt die Sonne den Wolkenvorhang.

Die Küste ist eine der gefährlichsten der Welt, die gefährlichste. Sandbänke, Felsen, Gezeitenströmungen. Hier ging der Öltanker *Erika* im letzten Winter des zwanzigsten Jahrhunderts unter, dem Winter, bevor ich kam. Diese Küste ist jetzt meine, die Stürme sind meine. Nach dem ersten Sturm wusste ich – hier werde ich sterben, aber noch lange nicht.

Die Bäume, die Wege, die Felder. Riesige Bäume, urzeittiefes Grün. Die Wege verlaufen in Tunneln und zu den steilen Ufern der Meeresbucht hin.

Ich wurde nicht an Land gespült, ich hatte mich entschieden, das Glück kommt nur zu dem, der bereit ist.

Auf den ersten Blick wusste ich – das hier ist fürs Leben.

Hier oder nirgendwo, entweder hier oder gar nicht.

Ich unterschreibe, adressiere, frankiere und schicke ab.

Es folgt eine Zeit des Glücks, des vollkommenen Wohlbefindens. Euphorie. Ich befinde mich in jenem begnadeten Zustand, in dem alles möglich ist, alles kann angelegt und repariert, alles kann geplant werden. Noch ist das Grundstück nichts als einige hundert Quadratmeter vertrockneter Rasen, noch ist das Gästezimmer nichts als ein muffiger Winkel der Garage. Noch ist alles möglich. Das Gästezimmer kann eine Mansarde mit eigener Treppe werden, mit Dachfenster und abgesenkter Badewanne. Ziegelsteine, Marmor, breite Bohlen. Der Garten ein dicht belaubtes Paradies mit Pool und Springbrunnen, Rosenbögen.

Nicht eine Wolke am Himmel. Es ist trocken, und deshalb gieße ich.

Dann beginnt das Telefon zu klingeln, die E-Mails kommen und der Briefkasten am Zaun ist voll. Die Umzugskarten sind angekommen.

Statt meine Nächsten zu erfreuen, habe ich sie erschreckt. Meine Großstadtfreunde klingen ebenso bestürzt wie meine Großmutter aus dem Hochgebirge und Binnenland in Mittelnordschweden es gewesen wäre, Karin Olivia Alm, geborene Jönsson, *Momma*. Der Kuhstall brennt, die Russen kommen. Was für ein Elend, oje oje. Das kann doch nicht gut gehen.

Du kannst doch nicht ganz allein so weit weg ziehen!

In allen, die ich kenne, spukt Momma.

In meinem früheren Vaterland ist Liebe unauflöslich mit Schrecken verbunden.

Weg ziehen. So weit. Und ganz allein.

So weit weg und ganz allein.

Ich verbringe einige Tage mit dem Versuch, die Menschen zu beruhigen, obwohl ich nur zu gut weiß, dass Ruhe allein von innen kommt und nie mit der Post.

Sollte es hier Einsamkeit geben, dann habe ich sie in mir – so viele Menschen in Finistère, 838 687 Finistèrianer, alle in angemessenem Abstand, willkommen heißend. Weit weg gibt es nicht mehr, falls es das je gegeben hat. Wo du bist, ist das Zentrum.

Die Welt ist noch immer rund, auch wenn wir auf dem Weg in die Steinzeit sind.

Nichts Neues unter der Sonne, Momma ist im Himmel, und ich bin in Finistère.

Das Menschenleben ist ein Elend.

Der Kuhstall brennt in der Bretagne, und die Russen kommen zu den Tschetschenen.

Das kann nicht gut gehen. Ist es noch nie und wird es auch nie gehen, so lange es Menschen gibt, und der Gott, an den meine Großmutter glaubte, den Kopf wegdreht.

Es ist, wie es ist.

Ich bin nicht allein, ich bin die 838 688te Finistèrianerin.

Ich war ganz verloren, aber jetzt bin ich angekommen.

Es ist ruhig.

Ich bin aufgebrochen, weil ich nicht mehr wusste, wohin ich gehen sollte, in meinem Vaterland fühlte ich mich ganz verloren, ich musste einfach aufbrechen, aber ich hatte keine Ahnung wohin.

Dass es Finistère gibt, wusste ich nicht. Ich wusste nur, dass ich nicht bleiben konnte, denn dann würde ich untergehen, und das wollte ich nicht.

Wenn man kann, ist es leicht, ich hatte keine Wahl.

Am 16. April des Jahres 2000, einem Sonntag, machte ich

mich auf den Weg. Bewölkt mit Aufheiterungen, kaum Verkehr. Das Auto gepackt, die Wohnung verkauft, die Möbel verschenkt.

Keine Abschiede. Die ich liebe, trage ich in mir, kein Adieu. Ein kurzer Blick in den Rückspiegel. Wohnungseigentümerverein Perstorpsplattan, wir sehen uns nie wieder.

Was ich hinter mir ließ, wusste ich, nicht aber, was mich erwartete.

Nahm die E 4 in Richtung Süden und nicht Richtung Norden.

In das Hochgebirge und Binnenland des mittleren Norrlands meiner Kindheit führen keine Europastraßen. Die Straßen dort oben sind voller Schlaglöcher, und sie führen alle weg, nach Stockholm.

Wie viele Callcenter sie auch in Svenstavik einrichten mögen.

Ich nahm den Zug nach Stockholm, ich fuhr hin und blieb. Blieb ein Leben lang, bis ich aufbrach.

Es ist leicht, wenn man kann, ich hatte keine Wahl.

»Könnte man nur«, sagten alle, als ich sagte, jetzt gehe ich. Menschen, die ich kannte und nicht kannte, die Nachbarn in Botkyrka-Süd. Das von Kündigung bedrohte Personal auf der Post am Sockenplan. Ein Taxifahrer aus Tunesien namens Amor, alle sagten es.

»Könnte man nur, wäre es nicht wegen der Kinder, des Jobs, der Sprache, könnte man nur von hier weggehen, man nähme die Familie mit und ginge einfach.«

Ich habe es getan.

Es ist ganz leicht, wenn man kann/weiß wie.

Ich konnte, weil ich alles habe, was man zum Aufbrechen braucht. Alles habe ich, außer einem Heimatland, um dahin zurückzukehren. Mein Großvater baute es auf, aber jetzt existiert es nicht mehr.

Aufbauen, abreißen. So geht es. Schade um die Menschen,

aber nicht geeignet, um es bei 110 Kilometern in der Stunde auf der Autobahn wiederzukäuen.

Ich verlasse das Alte, aber die Geschichte habe ich bei mir. Wie anders sollte es sein?

Ein Mensch ohne Geschichte und Wurzeln ist eine Schale. Nimmt man die Geschichte weg, bleiben nur die Autos auf der Autobahn übrig, ich fahre auf Europas Geschichte, einer Autobahn aus Blut, einer Arterie des Bösen.

Dass die Autobahn nicht geschleift wurde wie der Wohlfahrtsstaat, den mein Großvater aufbaute, beruht auf dem Talent der Menschen, zu verdrängen, wegzuschauen, wenn es ihnen passt, so zu tun, als ob. Gäbe es das Talent zu verdrängen nicht, wäre die menschliche Rasse vernichtet, es gäbe nicht sechs Milliarden Menschen auf der Erde, höchstens sechs, zwei davon George Bush.

Ich bin froh, dass es Autobahnen gibt. Dass ich ein Auto habe, dass ich so schnell fahren darf, wie mein Rover kann, und Europa damit vergiften, wie Europa mich vergiftet, ich bin wild auf die Freiheit und freue mich wie verrückt.

Mit zweihundert Stundenkilometern fahre ich weg von dem Alten, auf dem Alten. Dass ich auf dem Weg nach Finistère bin, weiß niemand, niemand weiß etwas. Plötzlich bist du tot – so ist das.

Ich will ein Loblied singen – auf das, was war, und auf das, was sein wird, und auf das, was ist, ich bin aufgekratzt und von dem Tempo wie berauscht. Eine Hymne will ich singen, und das tue ich.

Auf dem Weg nach Maastricht singe ich Lied 521, das wir jeden Morgen in der Dorfschule sangen:

Morgenfrühe im Gebirge
Alles grünt und blüht.
Hört nur Bach und Fluss,
Die singen: Gott ist gut.

Gott ist nicht gut, denn es gibt ihn nicht. Ich bin nicht gut, denn das ist unmöglich; ich bin ein Mensch, und mich gibt es. Frei und glücklich, obwohl das unmöglich ist.

Nichts ist vergangen, alles passiert wieder und gleichzeitig.

Die Welt lernt nichts, sie fängt von vorn an.

Das Schlimmste ist schon passiert, und es wird immer wieder passieren. Die große Wunde blutet, es gibt keine Peripherie, keine Grenzen. Niemand kann die Augen verschließen. So ist das. Die Menschen wissen das, und doch müssen sie leben. Machtlos und zerbrechlich, die Menschen sind nicht frei, sie sind gefangen und bedroht. Unglücklich zu sein, ist zu nichts nutz, man muss glücklich sein, glücklich sein ist eine Verpflichtung und eine Verantwortung.

Die Welt ist voller Tränen. Jemand muss sie weinen, und ich tue es vor Glück bei zweihundert Stundenkilometern bis die Autobahn endet.

*Nie wieder*, Autobahn. *Auf Wiedersehen.*

Ich schalte den Scheibenwischer an.

In der Normandie eine Überführung wie ein Regenbogen, an ihrem Fuß halte ich an. Auf einem Parkplatz trinke ich Kaffee und rauche. Die Landschaft ist groß wie das Hochgebirge und Binnenland von Mittelnordschweden, nur dass sich am Horizont das Meer erstreckt statt des Gebirges.

Der Parkplatz liegt auf einem Hügel voller Schlüsselblumen mit sehr grünen Blättern.

Meine Schwester und ich auf unseren roten Fahrrädern auf dem Weg zur Schlüsselblumenwiese. Noch vor kurzem waren es minus 35 Grad. Nun ist der Schnee geschmolzen. Wir fahren um die Wette zur Himmelschlüsselwiese, um nach dem Winter eilends die kostbaren Himmelschlüssel hereinzuholen.

Wir müssen das tun.

Warum sonst sollte der ganze Hang von Schlüsselblumen bedeckt sein? Genau so schnell verschwunden wie der Huflattich am Bahndamm, die Leberblümchen am Waldrand, die Kätzchen an den Zweigen der Weiden. Eins nach dem anderen pflücken. Die Fahrräder in den Straßengraben geworfen, wir müssen Schlüsselblumen pflücken, ehe der Frost kommt. Wie sonst sollten es die Maiglöckchen schaffen?

Wir pflücken so dicke Sträuße von Schlüsselblumen, dass unsere Hände sie nicht fassen können.

Ich habe Hände wie Momma.

»Oje oje«, sagte Momma, »du armes Kind. Dass du so große Hände wie ich bekommen musstest, wie ein Mann. Oje oje.«

Eines ihrer Oje oje traf nicht ein, ich wurde nicht so groß wie sie, so lang wie eine Bohnenstange. Mit elf hörte ich auf zu wachsen, um Momma eine Freude zu machen.

Die Freude blieb aus. Die Menge an Oje oje blieb konstant. Die Sommersprossen. Die roten Haare. Ihre ganze andauernde Sorge erbte ich.

Der Kuhstall brennt, bald sitzen wir im Armenhaus.

Die Russen kommen, oje oje, ach, wir Ärmsten.

Ich lasse den Schlüsselblumenhügel in der Normandie hinter mir, die Normandie der Landung, und die wunderschöne Picardie des Liedes von den Rosen, die in der Picardie blühen. Und am Abend des dritten Tages bin ich in Finistère, und hier bin ich seit einem Jahr und länger.

Dieses kostbare Jahr.

Ich wohne jetzt hier und das ist unglaublich, unaussprechlich und unbeschreiblich.

Es gibt keine Worte dafür.

Und dann gehe ich hin und verspreche Madame C, darüber zu schreiben.

Ich sage zu Madame C, hier ist es so schön, dass man darüber ein Buch schreiben müsste.

»Man müsste ein Buch schreiben«, sage ich.

»Tun Sie es!«, sagt Madame C.

Ach, ich Ärmste.

## *Ein halbes Jahr im Paradies*

Hier ist es so schön, dass man darüber ein Buch schreiben müsste, sagt man.

Ohne damit mehr sagen zu wollen, als dass es in Finistère schön ist.

Man müsste ein Buch schreiben.

So etwas sagt man, wenn die Mimosen blühen und wenn sich an den noch nackten Zweigen der Stern-Magnolie die weißen Sternblüten zeigen.

Ein Schriftsteller darf die Worte nicht leichtsinnig dahersagen, aber Schriftstellerin bin ich nur, wenn ich schreibe.

Ein sonniger Vormittag Mitte September, mein erster September in Finistère, es ist mein Geburtstag. Ich spaziere durch den Garten und gratuliere mir. Der erste Garten meines Lebens, ich darf tun, was ich will. Niemand hat das Recht zu sagen *was tust du denn da?* oder *also das war jetzt richtig schön.*

Keine Ratschläge, keine Anweisungen.

Ich verlasse mich auf meine Intuition und meine Erinnerung. Versuche mich an den Platz der Pflanzen im Garten meiner Großmutter in der Nähe Stockholms zu erinnern und wie der von Momma oben im Norden aussah.

Großmutters Pfingstrosen blühten auf der Wiese. Sie standen in der Sonne, aber der Schatten der Balsampappeln der Allee wanderte im Lauf des Tages und fiel auch auf sie.

Die Erde in Mommas Blumenbeeten war kalkhaltig und kalt. An der Hauswand nach Süden zu blühten Tigerlilien, Iris und Akeleien. Dort war es sonnig und windgeschützt.

Großmutter hatte an der Treppe zur Wiese einen Rosenbogen mit weißen Rosen.

Bei Momma wuchs Eisenhut am Hügel des Erdkellers.

Großmutter hatte Himbeerhecken und Momma Stachelbeerbüsche, aber seit meine kleine Schwester und ich einmal zu viele unreife Stachelbeeren gegessen hatten, mag ich keine Beeren mehr. Wir bekamen Darmverschluss. Wurden mit dem Krankenwagen ins Krankenhaus gebracht, wo wir mit Pipetten im Po liegen mussten, um nicht zu sterben.

Keine Beerenbüsche.

Der Teil des Gartens, der an den des Nachbarn grenzt, soll ein weißer Garten werden, inspiriert von Vita Sackville-Wests weißem Garten in Schloss Sissinghurst. Diese Namen!

Eine andere berühmte britische Gärtnerin hieß Gertrude Jekyll. Ob sie sich des Nachts in Gertrude Hyde verwandelte und Schwarzes pflanzte, davon berichtet das britische Gartenbuch nichts.

Ich habe drei Gartenbücher. Ein englisches, ein französisches, ein schwedisches, und sie alle nützen mir nichts. Im Schwedischen steht lauter gefühliges Geplapper, da *schlagen Blüten ihre kleinen blauen Augen auf, erheben sich auf durchsichtigen Beinen, haben erregende Schnurrbärte, rollen sich widerwillig zusammen.*

Das französische ist auf Französisch und das englische unsinnig.

Dem englischen Gartenbuch zufolge dauert es mindestens ein Menschenalter, um einen Garten natürlich aussehen zu lassen. Unter der Bedingung, dass man nichts anderes tut. Damit ein Garten wie wild wachsend aussieht, muss man detailliert jeden einzelnen Grashalm planen. Ehe man auch nur daran denken darf, einen einzigen Samen zu legen, muss man sich über die exakten Winkel der Sonnenstrahlen zu den unterschiedlichen Tageszeiten im Klaren sein und wissen, wie die Schatten der Bäume und des Hauses morgens, mittags und abends fallen. Man muss ein Sonnenschema zeichnen, nach dem der Garten dann angelegt wird.

Ich bin kein Sonnenschemazeichner. Wer das nicht von Natur aus ist, sollte sich hüten, Sonnenschemata zu erstellen. Sonst bekommt man statt des erstrebten Paradieses eine Hölle.

In meinem weißen Garten sollen weiße Stockrosen blühen, weiße Malven, weiße Nelken, weißer Mohn und weiße Christrosen.

Weiße Narzissen – *Narcissus poeticus*, Narzissen der Dichter –, weiße Perlhyazinthen, große weiße Hyazinthen.

Weiße lilienblütige Tulpen, weiße Lilien.

Auf der Rückseite will ich Wicken haben in allen Farben, dunkelblau, rot und rosa, brandgelbe Kresse und eine nachtblaue Glockenrebe namens *Cobaea*.

Unten an den Zaunpfählen sollen Kaskaden blauer Lobelien erblühen. Ein grüner Drahtzaun verläuft um das ganze Grundstück, den sollen Wicken bedecken. Ein Schirm duftender Wicken soll den Garten so lange vor Einblicken schützen, bis dessen Hecken herangewachsen sind, Lorbeerhecken oder eine Rosenhecke, mal sehen.

Lorbeer wächst schneller, aber eine Rosenhecke ist eine Rosenhecke.

Zur Dorfstraße hin soll es rot blühen. Eine scharlachrote Wicke soll vor den grün glänzenden Blättern eines Buschs von Klebsamen leuchten. Die zarten roten Volants der Wicken sollen den Kontrast bilden zu den tropfenförmigen dicken dunkelgrünen Blättern des Pittosporums.

Wenn die Wicken verblüht sind, sollen sie von dunkelroten Sonnenblumen abgelöst werden. Sonnenblumen werden mehr als zwei Meter hoch, und sie gelingen leicht. *Eine Pflanze, die leicht gelingt, und bei Kindern beliebt ist*, steht auf der Samentüte. Blühen die Wicken noch, wenn die Sonnenblumen kommen, sollen sie an deren dicken Stängeln hinaufklettern.

In meinem Garten sollen überall Pflanzen klettern und ranken, dschungelartig und scheinbar wild.

Da ich noch nie einen Garten hatte, wird dieses erste Jahr ein Probejahr sein. Lieber zu viel als zu wenig. Zu viel reicht trotzdem nie, zu viel reicht nie, man weiß ja nie, was kommt.

Im Hochgebirge und Binnenland von Mittelnordschweden lag es in Gottes Hand, was kam und was erfror.

Das meiste erfror, außer Wiesenkerbel und Katzenpfötchen, was kam, wurde äußerst sorgfältig gehegt und gepflegt. Die meisten Liebesbeweise bekamen die Orchideen.

Dass sich Orchideen in dem kalten kalkhaltigen Boden wohl fühlen, ist dort oben Quelle immerwährenden Stolzes. Ihre wilden und geschützten Gottheiten werden zeremoniell besucht und mit gebeugtem Knie wird daran gerochen. Das schokoladenfarbene, schokoladenduftende Schwarze Kohlröschen bei der Quelle mit dem eiskalten Wasser oberhalb von Mommas Haus, Frauenschuh oben bei den kleinen Waldseen.

Tausende unterschiedlicher Orchideen blühten in den Straßengräben, eine seltener und geschützter als die andere. Geflecktes Knabenkraut, Prachtsteinbrech, Mückenhändelwurz, Hainwachtelweizen, so war es, als ich Kind war. Zwischendurch hatte man eine Zeitlang DDT gespritzt, und jetzt droht sie die Straßenmeisterei abzusäbeln.

Das letzte, was ich wegen der Bedrohung der Orchideen hörte, war, dass einige aus meiner Familie eine Menschenmauer gebildet haben, um sie vor der Straßenmeisterei zu schützen.

Als ich gerade am Zaun zur Dorfstraße stehe und die Tiefe der Erdschicht prüfe – sie ist etwas flach –, hält ein kleiner rotlila Renault an meinem Zaun.

Eine Dame in meinem Alter öffnet die Autotür wie auf einer Bühne, und eine Offenbarung hat ihren Auftritt, Madame C, wie sich herausstellt. Alles Licht sammelt sich um ihre Gestalt. Nie habe ich jemand mit solcher Eleganz sich und seine Kleidung darbieten gesehen. Wie ein Geschenk an die Welt. Sie ist meisterlich geschminkt, und wie es sich für ein Meisterwerk gehört, wird die Schönheit sichtbar, nicht aber die Anstrengung. Graziös und sicher stellt sie ein Paar dünne Riemchensandalen in den Kies, tritt leicht und langbeinig an meinen Zaun und ruft: »*Bonjour, Madame*«.

Widerstrebend ziehe ich die Hand aus der Erde und trete an den Zaun. Was will dieses funkelnde Wesen, was ist so wichtig, dass ich nicht in Ruhe bei meinem eigenen Humus verweilen kann?

Sie will mir nur mitteilen, dass es sie gibt, sagt sie. Streckt eine schöne und gepflegte Hand vor, an der ein fadendünner Brillantring blitzt, und stellt sich als Madame C vor.

Ich wische die Erde am Hosenbein ab, strecke ihr die Hand hin und murmele meinen eigenartigen Namen, woher ich komme, und dass ich jetzt hier wohne.

»Ich weiß«, sagt Madame C mit blendendem Lächeln und einem Händedruck, der ihrer spröden Schlankheit widerspricht.

Worauf sie »gute Fortsetzung am Nachmittag« sagt, zu ihrem Auto zurück geht, ihr Kleid fasst und in ihren rotlila Renault einsteigt, die Riemchensandalen zuletzt. Ein Aufblitzen purpurrot lackierter Zehennägel, dann ist sie weg.

Da stehe ich und blinzele ins Licht wie ein Erdtier, ein Maulwurf.

Das Auto verschwindet in Richtung Hafen, aber ein zarter Duft von Wicken bleibt.

Von diesem Tag an wird Madame C an meinem Zaun anhalten, wenn sie unterwegs ist, um ihr tägliches Brot zu kaufen oder Schalentiere am Hafen, wo zwölf Sorten Austern angeboten werden. Später werde ich ebensolche Visiten an Madame Cs Gartenzaun machen.

Wir wechseln mit der Zeit einige Worte. Anfangs habe ich ja nichts beizutragen, aber Madame C wird sich im Überfluss mitteilen.

Mich wird ihre Art, die Wörter, nach denen ich suche, durch Synonyme zu ergänzen, begeistern. Sich nie mit dem ersten Wort begnügen – *le mot, la parole*.

Wenn wir uneins sind, was wir oft sein werden, steht mir Madame C mit den Worten bei, die ich brauche, um ihr zu widersprechen – *porter la contradiction dans le débat*.

Wir werden über das Wetter sprechen und darüber, wie man am besten kleine Tiere tötet. Über Jacques Chirac, über den Widerstandshelden le commandant Massoud in Afghanistan, für den unser beider Herzen schlagen. Über Literatur, über den Wert, am Leben zu sein. Über den Tod und das Altern werden wir uns unterhalten, über alles, was wächst.

Über das Buch, das verflixte Buch, das noch nicht geplant ist – geplant von Madame C, von mir nicht zugesagt.

Die erste für jede Beziehung entscheidende Begegnung hat stattgefunden. Die Regeln für die Beziehung sind aufgestellt, die Rollen verteilt.

Sollte aus uns beiden ein Liebespaar werden, wäre schon jetzt klar, wer die Betten machen und wer das Auto waschen muss – ich.

Aber aus Madame C und mir wird genau so wenig ein Liebespaar wie aus Monsieur Le R, meinem ehemaligen Rosenkavalier Monsieur Le R, und mir.

Keine Liebesgeschichten.

Nicht mit Menschen, das ist zu schwer. Ich befinde mich in der Grundschule der Liebe, bin nicht reif für mehr als ein Stück Erde und einen Spaten. Noch nicht.

Vom fünfzehnten September bis zu jenem verhängnisvollen Tag im Februar des Jahres Zweitausendeins, als ich Madame C das Versprechen gebe, ein Buch über mein Finistère zu schreiben, bin ich vollständig glücklich, vollständig frei. Die Tage strömen ruhig dahin, ohne Forderungen, ich gehe in meinen Garten und bin einfach froh.

Ein halbes Jahr im Paradies, das ist wohl so viel, wie ein Mensch bekommt.

# *Steine im Ausverkauf*

»Guten Mut«, sagen die Nachbarn, wenn sie mich im Garten arbeiten sehen, *bon courage, Madame.*

Ich grabe, um im Garten einen gepflasterten Weg anzulegen nach einem Bild in *Le Jardin* und mit einem der perfekt gepflasterten Wege im perfekten Garten meines ehemaligen Rosenkavaliers, Monsieur Le R, als Vorbild.

»*Bon courage*«, sagen die Nachbarn. »Guten Mut beim Graben, Madame.«

So drückt man sich in Finistère aus. Ist es früher Vormittag, grüßt man mit einem *guten Anfang des Vormittags*, ist es am Ende des Vormittags, *gutes Ende des Vormittags.*

Jeder Teil des Tages, jede Verrichtung hat ihre Segnung.

*Bonne après-midi, bon matin.* Guten Vormittag, guten Nachmittag, guten Abend, guten Mut. Gutes Pflanzen, guten Spaziergang.

Als ich den Gartenschuppen streiche, rufen die Kinder »gutes Gartenschuppenstreichen, *Madame*«. Wenn ich meine *Ingrid Bergman* entlause, eine moderne Hybridrose, die ich neben das Gartentor zur Dorfstraße gesetzt habe, kann es sein, dass der Nachbar sagt: »gutes Entlausen, *Madame*«. Sein Finistèredialekt ist für mich ebenso schwer zu verstehen, wie die Sprache im Dorf, in dem ich aufwuchs, für jemanden von außerhalb verständlich war.

Als der Zahnarzt, der wunderbare Zahnarzt sagt, den nächsten Termin, den ich bei ihm habe, müsse er absagen, weil seine Frau ungefähr zu der Zeit das Kind bekommen werde, versuche ich mich an einem Scherz. Es ist mein erster Scherz, der verstanden wurde: »gutes Kinderbekommen«, sage ich und der Zahnarzt lacht. Nicht nur, weil er nett ist.

»Gutes Graben« rufen die Nachbarn, wenn sie mich an meinem gepflasterten Weg arbeiten sehen. Manchmal bleiben sie stehen und machen mir für meinen Fleiß Komplimente.

Nach dem Gießen ist mir von aller Gartenarbeit das Graben am liebsten. Das Stahlblatt des Spatens in die Erde stechen, den Humus schaufeln, spüren, wie der Spaten an einen Stein stößt. Den Stein zu fassen bekommen, spüren, dass er sich lösen lässt. Steine zu versetzen ist ein Geschick, das ich von meiner Mutter habe, ich habe Steine Versetzen im Blut.

Dort im Hochgebirge und Binnenland von Mittelnordschweden hat meine Mutter um den Hof eine Mauer aus Steinen gezogen, die sie eigenhändig ausgegraben hat. Mit ihren eigenen Händen hat sie eine Mauer wie die Chinesische gebaut, und erst jetzt vermag ich diese Mauer zu schätzen. Dass sie es nicht tat, weil sie eine Märtyrerin war, sondern aus dieser tiefen Freude am Stein, die sie mir vererbt hat.

Ich lege meinen gepflasterten Weg an. Mit der Schubkarre habe ich Steinplatten an Ort und Stelle gebracht. Die Platten sind schwer, einen halben Meter mal einen halben Meter groß, fünf Zentimeter dick, sehr schwer. Sonderangebot. Bei dem Baumarkt, dessen Stammkunde ich bin und dessen *Carte de Fidelité* ich habe, gibt es Steine und Steinplatten im Sonderangebot.

Ich muss bei dem Gelegenheitskauf der Steinplatten mehrere hundert Francs verdient haben. Mein Vater würde das Gefühl der Zufriedenheit nach einem solchen Schnäppchen wieder erkannt haben.

Einem Sonderangebot nicht widerstehen zu können, habe ich von meinem Vater. Die Hände von Momma und von meiner Mutter meine impulsive repressive Art.

Dass Familienerbe einen Anteil daran hat, wie man ist, glaubte niemand, als ich jung war. In meiner Generation galt die Umwelt als entscheidender prägender Faktor im Menschenleben. Mir fällt es immer noch schwer zu glauben, dass es außer dem Sozialen auch anderes, Ererbtes gibt. Obwohl mich jedes Treffen mit meiner Mutter überzeugen müsste.

Bei Pflanzen sind die fünfzehn ersten Tage die entscheidenden, bei einem Menschen reicht das viel weiter zurück, Generationenweit. Ein Mensch ist mehr als Humus und Wasser und ein bisschen Sonne.

Über das mit den Sonderangeboten habe ich nie mit meinem Vater reden können, er starb, ehe wir angefangen hatten, über irgendetwas zu reden. Dieser Tod, der alles nimmt.

Mein Vater würde als einziger verstehen, mit welcher Freude ich diese Steinplatten ins Auto und aus dem Auto hob, warum ich dreißig Kartons Zementfliesen gekauft habe, nur weil der Preis von dreihundert Francs auf fünfundzwanzig per Karton herabgesetzt war. Alles Geschirr im Sonderangebot, alle Pflanzen. Diese Befriedigung, durch Kaufen zu verdienen, der Konsumgesellschaft ein Schnippchen zu schlagen, Teures zu einem herabgesetzten Preis zu kaufen. Wenn es keine Qualität ist, dann ist es kein Fund. Nicht wie bei archäologischen Ausgrabungen, wo jeder Mist ein Fund ist, nur weil der Gegenstand alt ist. Mein Vater war Agronom, nicht Archäologe.

Zu sagen, dass er bei Sanitärporzellan von einem Ausverkauf mit zwei Bidets nach Hause kommen konnte, ist vielleicht eine Übertreibung, aber eigentlich nicht. Je mehr man kauft, um so mehr verdient man. Das sah mein Vater ein und das tue ich ebenfalls. Beim Ausverkauf einzukaufen ist investieren, er war zwar Kommunist, aber an derartige Investitionen glaubte er.

Die wollenen Morgenmäntel im Schottenkaro aus Härnösand. Unverwüstlich, bodenlang, leicht tailliert, mit Gürtel und Taschen.

Niemals haben so viele so bunt karierte Wollmorgenmäntel zu Weihnachten geschenkt bekommen. Nie hat ein bunt karierter Morgenrock so lange gekratzt wie der, den ich immer noch habe. Er hängt in der kleinen Kammer des Hauses, in dem ich geboren wurde. Mindestens fünfzig Jahre alt, aber noch wie neu. Ein solcher bodenlanger wollener Morgenmantel im Schottenkaro ist das, was mein Vater und ich mit einem wirklichen Fund meinen.

Auch wenn jetzt nur noch ich so etwas meinen kann.

In Vietnam glaubt man, die Toten lebten in einer anderen Dimension weiter, wo sie die gleichen Bedürfnisse haben wie die Lebenden, aber nicht mehr deren Sorgen. In den Tempeln gibt es Altäre, wo man für die Toten Geschenke verbrennen kann.

Ein reicher Vietnamese kann für seinen Vater ein Auto verbrennen. Auf die Weise wird das Auto in die Dimension überführt, in der sich der Vater jetzt befindet.

Wäre ich Vietnamesin, würde ich für meinen Vater Steine verbrennen.

Einen Weg aus Steinplatten anzulegen, macht viel mehr Arbeit, als man glauben möchte, wenn man einen wie selbstverständlich gepflasterten Weg sieht.

Zuerst werden die Platten gemäß der zuvor berechneten Schrittlänge ausgelegt. Dann kommt das Probegehen, das Bewegen, das Zurechtrücken.

Sobald man anfängt zu denken, wie lang die Schritte sind, die man normal macht, wird das Gehen unnatürlich. Ich ertappe mich dabei, entweder zu trippeln oder mit gebeugten Knien zu gehen und dabei die Füße vorwärts zu schleudern, wie bei diesem Monthy-Python-Sketch mit dem lächerlichen Gang. Sobald etwas ganz natürlich getan werden soll, wird es unnatürlich, egal ob es sich dabei um einen gepflasterten Weg oder ein Buch handelt.

Man muss wieder an den Punkt gelangen, ehe man noch nicht darüber nachdachte, selbst wenn man da weder gehen noch schreiben konnte.

Sobald die Schrittlänge in etwa klar ist, wird eine Furche

um die entsprechenden Platten aufgehackt, worauf die Steine wieder weggenommen werden. Die markierte Stelle wird ausgegraben, die Vertiefung mit Sand gefüllt. Erst danach darf man die Steinplatte endgültig an ihren Platz legen. Einige Grasbüschel zwischen die Steine, und schon hat man den gepflasterten Weg. Den eigenen Schritten angepasst, wunderbar ruhig und eben.

Allerdings, sobald eine Steinplatte gelegt ist, landet die davor oder die danach zu hoch oder zu niedrig. Die Steinplatten liegen nicht plan, sie neigen sich in verschiedene Richtungen.

Ich habe keine Wasserwaage.

Das bedeutet, neu anfangen, die Steinplatte hochnehmen, ausgraben, mehr Sand einfüllen, die Platte wieder hinlegen, wieder zur Probe gehen.

»*Bon courage* mit dem Pflastersteinelegen«, rufen die Nachbarn.

Von Madame C kommt keine *bon courage* beim Pflastern, sie ignoriert meine schwer zu ignorierende Schwerstarbeit. Niemand kann ignorieren wie Madame C. Sie findet, ich soll mich um meine eigene Arbeit kümmern. Madame C ist der Ansicht, meine Fabulierkunst solle Verwendung finden, und mein Talent zum Pflastern sei wirklich zu vernachlässigen. Sie wird Recht bekommen.

Mein gepflasterter Weg wird kein perfekter und harmonischer Weg wie der auf den Fotos der Gartenzeitschrift oder wie der Pfad bei Monsieur Le R, dem Rosenkavalier.

Er wird sein, wie er sein wird, und er wird so lange existieren wie ich.

Aber hätte es nicht die Nachbarn gegeben mit ihrem *bon courage, Madame* und *weiterhin gutes Pflastern,* ich hätte die unsinnige Arbeit, so viele Platten zu verlegen, wie ich es tatsächlich getan habe, nie geschafft.

## *Keine Rückseiten*

Nicht zu reden von all diesen Entscheidungen und Vorsätzen, aus denen nichts wird.

Man ist schließlich nur ein Mensch. Als Entschuldigung dafür, nicht zu tun, was man tun sollte, ist das ziemlich schwach. Klingt, als hieße, ein Mensch zu sein, die Versprechen sich selbst gegenüber nicht zu erfüllen.

Eines Tages hörte ich im Autoradio auf France Culture den Teilnehmer an einer Kulturdebatte sagen: »Tiere hören kein France Culture.«

Ich verstand nicht, ob das ein Argument dafür oder dagegen war, aber es ist gut. Tiere nehmen nicht an Kulturdebatten teil.

Tiere nehmen sich nichts vor, woraus dann nichts wird.

Keine Rückseiten hatte ich mir vorgenommen, als ich mit dem Garten anfing.

Absolut keine Rückseiten. Da der Garten so klein ist, habe ich mir fest vorgenommen, dass jeder Quadratzentimeter eine Vorderseite sein soll. Nichts soll irgendwohin weggeschoben werden. Plunder soll sofort verbrannt oder kompostiert werden, aber nach meiner ersten Kompostniederlage habe ich keinen Kompost mehr angelegt. Der erste Kompost endete als ein einziger großer Schimmelpilz hinter dem Gartenschuppen.

Dahinter, die Rückseite von.

Mit welchem Recht richte ich Hierarchien ein? Wer sagt, die Seite mit Tür ist die Vorderseite und die ohne Tür die Rückseite?

Eine Längsseite des Gartenschuppens geht auf ein unbebautes Stück Land. Dort liegen herausgerissenes Unkraut, Apfelsinenschalen, zwei tote Mimosenbäume, ein Paar kaputte Gummistiefel, einige Pappkartons, ein kaputter Plastikeimer und Holz für den nächsten Winter. Lauter Plunder.

Niemand leidet darunter, denn das Stück Land auf der anderen Seite ist unbebaut und durch Hecken und Bäume abgegrenzt. Dass ich das zur Rückseite gemacht habe, darunter leidet niemand. Außer mir.

Diese Unart zu sagen, niemand leidet darunter, wenn ich leide. Das ist, als wenn man sagt, es ist niemand zu Hause, wenn man selbst da ist. Oder *das sieht ja keiner*, wenn man das Geschirr stehen lässt, das Bett ungemacht bleibt oder man sich gehen lässt.

Dieses Vernichten von sich selbst, dieses lebensgefährliche Verleugnen des eigenen Vorhandenseins.

Ich leide an der Rückseite, die ich selbst geschaffen habe, also muss sie weg. Ich setze mich selbst dem Leiden aus, dem Mangel an Respekt. Man muss nur die Rückseite zur Vorderseite umbilden, man muss nur von vorn anfangen.

Von vorn anfangen ist die Aufgabe des Menschen auf der Erde, von vorn anfangen ist Mensch sein, niemand sein kann sich nur leisten, wer tot ist.

Keine Rückseiten.

## *Die kleinen Eichen*

Von der Eiche des Nachbarn fallen Eicheln über den Zaun und auf meine Garageneinfahrt.

Eines Tages, einige Wochen, nachdem ich eingezogen bin, fragt mich die Nachbarin, ob es mich stört, dass Eicheln über den Zaun fallen.

Nein, tut es nicht. Im Gegenteil.

»*Tant pis*«, sage ich und lächele die Nachbarin an, die zurücklächelt.

Dass *tant pis* nicht *im Gegenteil* bedeutet, bemerke ich erst viel später, als ich Maulwurf nachschlage, *taupe* ~ *f*, und mein Blick zufällig auf *tant pis* ~ fällt.

Es ist nicht schlimm, dass Eicheln in meinen Garten fallen; es ist ein Segen, ich liebe Bäume und alles, was zu Bäumen gehört.

In meinem Garten gibt es zwei Eschen, riesige alte Bäume, mit großen Kronen und handförmigen Blättern. Die wunderbaren Baumkronen sind voller toter Äste, rings um die Wurzeln sind dicht an dicht Löcher von Wühlmäusen, die Stämme können vor lauter Moos nicht atmen, und es abzukratzen, wage ich nicht, aus Angst, den Bäumen zu schaden. Sie zu spritzen, wage ich auch nicht, ich fürchte, meine Eschen werden sterben.

In Quimperlé gibt es einen Gartenexperten, Monsieur Godot, der Arborist, aber laut Madame C ist er sehr teuer. Außerdem kommt er nie. Aber so ist es eben. Laut Madame C.

An einem regnerischen Tag im Oktober fällt mir auf, dass sich eine Eichel verwurzelt hat. Zwei winzige Eichenblätter recken sich aus einer Pfütze. Hätte ich sie nicht zufällig gesehen, hätte ich sie zertreten. Als ich sie näher betrachte, sehe ich, dass die Blätter an der Spitze eines fadendünnen, aber aufrecht stehenden Schafts sitzen. Ein kleiner Seiltrick im Regen. Dass aus dieser Miniatur eine Eiche werden kann, gehört zu den Wundern der Natur, die man sehen muss, um sie zu verstehen.

Ich beschließe, dem Wunder nachzuhelfen, und so beginnt meine Eichenzucht. Erst baue ich um den Schössling eine Barrikade gegen den Wind vom Meer, eine Ringmauer aus Steinchen. Dann ein Bambusstäbchen als Schutz und als Warnung. Zum Schluss eine abgesägte Mineralwasserflasche als Gewächshaus über dem Eichendiminutiv. Und als Schutz vor den Unwettern, vor denen ich gewarnt worden bin.

Mit Beginn der Wachstumsperiode nach dem Winter dünge ich den Eichenableger jede zweite Woche mit kleinen Mengen braunen Torfs.

Als ich ihn in der Mitte der Wachstumsperiode messe, ist mein Eichenschössling zwölf Zentimeter geworden – 120 Millimeter. Streckte man den Stiel, wären es einhundertzweiunddreißig.

Ich dünge.

In Hochgebirge und Binnenland von Mittelnordschweden wachsen vor allem Nadelhölzer. Kiefern und Fichten. Zitternde Espen. Wir hatten im Garten Ebereschen, aber Ebereschen werden nicht alt, die stürzen ziemlich schnell um. Momma hatte einen Ahorn vorm Küchenfenster. Keine Eichen.

Dort wo ich Kind war, gibt es keine Eichen. Meine Schwester und ich waren die einzigen Kinder im Dorf, die je eine Eiche gesehen hatten. Weil unser Vater aus Stockholm war, was ebenso sehr Schande war wie ein Anlass für Prahlerei. Obwohl meine Schwester und ich im Dorf geboren waren, galten wir beide doch als Fremde.

Unser Vater war Oberklasse. Nicht nur in Bezug auf die Dorfbewohner, weil er Stockholmer war, er war auch Oberklasse in Bezug auf die meisten Stockholmer. Wuchs im Herrenhaus auf. Mit vielen hundert Jahre alten Eichen, unter denen er und sein Bruder spielten.

Als meine Schwester und ich klein waren, spielten wir mit Tannenzapfen. Machten Ställe mit Kühen aus Kiefern- und Fichtenzapfen. Alle diese schwankenden Tannenzapfenkühe und Kiefernzapfenschafe mit Beinen aus Zahnstochern, die nie gleich lang waren! Alle diese Tannenzapfenzäune und Tannenzapfenverschläge …

Mein Vater und seine Brüder bastelten aus ihren Eicheln Soldaten. Ohne es zu merken, hatten sie bereits angefangen für den Aufruhr zu rüsten, zu dem Kinder aus der städtischen Oberklasse damals vorherbestimmt waren.

In den Dreißigerjahren traten mein Vater und seine Generationskameraden der Clarté bei, einer *internationalen sozialistischen Vereinigung, vor allem Intellektueller, gegründet 1919 von Henri Barbusse,* so steht es im schwedischen Lexikon, als ich in Finistère nachschlage.

Dass ich nicht das Nachschlagewerk in vierzehn Bänden benutze, das ich von meinem Vater geerbt habe, sondern Bonniers Compact Lexikon, liegt teils daran, dass es veraltet ist – viel Phrenologie, Wilde mit Peniskapseln –, und teils daran, dass es noch im Dorf ist. Dass sich das kleine Kompaktlexikon in Reichweite nicht Kompakt, sondern Compact nennt, hat damit zu tun, dass es in Schweden 1995 herausgegeben wurde.

Aus der Diktatur des Proletariats, zu der Schweden hätte werden sollen, hätten mein Vater und seine Oberklassenkameraden entscheiden können, wurde ein Vasallenstaat der damals wie heute gleich kapitalistischen USA. *Shit* oder *fucking shit* sind heutzutage in meinem ehemaligen Vaterland die verbreitetsten Flüche.

Mein Vater fluchte nie. Fand er es nötig, *jävlar* zu sagen, Teufel, dann sagte er stattdessen *järnvägar,* Eisenbahn.

Das tat er oft.

Niemand konnte so wütend werden wie mein Vater, von ihm habe ich meine große Wut geerbt, von der ich nicht weiß, wie ich damit umgehen soll.

Einmal wurde er so wütend, dass er mir eine Ohrfeige gab. Wir zelteten auf Gotland, mein Vater, meine Schwester und ich. Ich war an der Reihe, den Spirituskocher anzuzünden, und ich traute mich nicht.

»Ich kann nicht«, sagte ich.

»Kann ich nicht gibt's nicht«, sagte er und schwupps, ehe er sich bremsen konnte, sauste die Hand los. Peng landete die Handfläche auf meiner Wange. Es heißt zwar Ohrfeige, aber wenn es das Ohr gewesen wäre, wäre ich taub geworden.

Er war genau so schockiert wie ich. Denn so wütend er auch sein konnte, das war die einzige Ohrfeige, die er mir jemals gegeben hat. Dass die ein Geschenk war, an dem ich bis heute meine Freude habe, hätte weder er noch ich geglaubt, so ist das.

Jedes Mal, wenn ich sagen will oder jemals gesagt habe, *ich kann nicht*, spüre ich diesen Schlag.

*Kann ich nicht gibt's nicht.* Und damit Schluss.

In meinem früheren Vaterland gibt es ein Sprichwort, das besagt, wen man liebt, den züchtige man. Weder mein Vater noch ich würde eine solche Idiotie je unterschreiben. Dass man züchtigt, wen man liebt, ist eine abscheuliche Perversion. Dennoch habe ich von der sogenannten Ohrfeige mehr Nutzen gehabt als von allen wohlmeinenden Worten meines Vaters, wie ein Leben im sozialistischen Geist gelebt werden soll.

So unendlich viel zu diskutieren gelang uns nicht, denn der Tod vertagte die Debatte. Gewalt und Gewaltverzicht, Stalin und die Gulags, China, die Meinungsfreiheit in Vietnam. Das ehemalige Jugoslawien – Milošević! Ungarn, Lech Wałesa, Solidarność.

Schweden!

Lebte mein Vater heute, er wäre so wütend, dass er sterben

würde. Hätte er resigniert, wäre das noch schlimmer gewesen, für ihn ist das Beste, dass er tot ist.

Aber das ist nicht das Beste. Der Tod ist das Schlimmste, was zwischen Menschen kommen kann, ich will ihm meine Eichenschösslinge zeigen, ich will über Afghanistan reden, über Albanien, Vater komm hierher.

Ich will dir ein Buch geben, das du über alle Parteigrenzen hinweg geliebt hättest. Ich will mit dir über *Der Mann, der Bäume pflanzte* von Jean Giono sprechen.

Der Mann, der Bäume pflanzt, heißt im Buch Elzéard Bouffier.

Elzéard Bouffier lebt sein Leben mit Schafen und Hirtenhund auf seinem Hof in den französischen Meeralpen. Seine Frau und ein Sohn sind tot, er ist, wie man sagt, ganz allein auf der Welt. Obwohl die Welt voll ist von Menschen aller Arten, allerorten, sagt man das, wenn die nächsten Angehörigen eines Menschen nicht da sind.

Als Elzéard Bouffier dort seine Schafe hütet, merkt er, dass der Mangel an Bäumen die Gegend umbringen wird. Der Boden ist steinhart. Es gibt kein Wasser. Wind und Wetter haben die Macht über die vereinzelten Menschen, die dort zu leben versuchen. Die Menschen geben auf.

Elzéard Bouffier beschließt, etwas zu tun, und beginnt, Bäume zu pflanzen. Zuerst Eichen. Er beginnt damit um 1900 und macht bis zu seinem Tod 1947 weiter. Während zweier Weltkriege pflanzt er, unermüdlich, Tag für Tag. Von Verdun bis Hiroshima pflanzt er. Die gesamten Berghänge seines Vaucluse bedeckt er mit grünendem Eichenwald. Quellen entspringen, Menschen, die aus den verarmten Dörfern weggezogen sind, kehren zurück, Schulen öffnen.

Ein einziger Mann, der beschließt, sein Leben dem Pflanzen von Bäumen zu widmen und es tut. Vor allem Eichen.

Im Herbst entdecke ich weitere Eichenschösslinge, die sich verwurzelt haben, und die ich genau so sorgfältig hege wie die ersten. Bei meiner Morgen- und Abendrunde untersuche ich meine kleinen Eichen. Siechen sie dahin, dünge ich sie, bekommen sie Ungeziefer, spritze ich. Bei Trockenheit gieße ich sie. Alle Eichenschösslinge werden nicht durchkommen, aber doch einige. Eichen sind geduldig und in dem Klima, das in Finistère herrscht, ist es für eine Eiche kein Problem, heranzuwachsen.

Dank der Eicheln des Nachbarn werde ich hier in zehn Jahren einen Eichenhain haben. In zwanzig Jahren ein Eichenwäldchen, in fünfundzwanzig Jahren wird ein Eichenwald diesem Teil des Gartens Schatten und Feuchtigkeit spenden. Eine Quelle kann entspringen. Wildschweine können nach Trüffeln wühlen, wo bisher noch Kies ist.

In fünfundzwanzig Jahren bin ich erst achtzig und habe noch viele Jahre vor mir, in denen ich mich an meinem Garten erfreuen kann.

Ich brauche diese Eichen, um die Eschen eines Tages, wenn sie rettungslos verloren sein werden, abzulösen.

Es ist nicht einmal sicher, ob der teure Arborist aus Quimperlé die Eschen retten kann. Möglich, dass ihre Zeit um ist. Das einzige Gartenbuch, das ich einsehen kann, *Fakten über Bäume* von J. Bretaudeau, macht keine Angaben zur Lebensdauer einer gewöhnlichen Esche – *Fraxinus excelsior.*

Dass die männlichen Bäume schneller wachsen und höher werden als die weiblichen, bis zu 40 Metern, wird betont, aber ob die männlichen Bäume auch schneller sterben und in welchem Alter, dazu wird nichts gesagt.

Ich klettere gerade in die Esche, um die trockenen Äste aus den Baumkronen zu sägen, als mir einfällt, dass ich bald sechsundfünfzig Jahre alt bin.

Stattdessen umsorge ich die kleinen Eichen, als seien es meine Kinder.

Ein Garten ohne Bäume ist kein Garten.

Ich wässere meine Eichenschösslinge, um nicht zu sterben.

*Der Mann, der Bäume pflanzte,* gehört zu einer Serie von Erzählungen, die in den Fünfzigerjahren die Zeitschrift *Das Beste* sammelte. Man bat Autoren, über die sonderbarsten Menschen, denen sie begegnet waren, zu schreiben.

Jean Giono wurde um seine Mitarbeit gebeten, und er schrieb innerhalb weniger Tage die Geschichte von Elzéard Bouffier und schickte sie ein. Die Redakteure von *Das Beste* antworteten umgehend. *Der Mann, der Bäume pflanzte,* war genau die Art Geschichte, die sie haben wollten.

In der Woche darauf bekam Giono einen Brief, in dem die schockierten Redakteure ihn anklagten, er sei ein Betrüger, ein Scharlatan, einer, der die Wirklichkeit verfälsche. Sie hatten Kenntnis erhalten, dass es den Mann, der Bäume pflanzte, in Wahrheit nie gegeben hatte. Elzéard Bouffier ist kein gewöhnlicher Sterblicher, kein von einer Frau geborener Mensch, sondern eine literarische Schöpfung. Die wunderbaren Eichenwälder, die im Buch beschrieben werden, sind Gionos Phantasie entsprungen. Gibt es Eichen in Vaucluse, hat nicht Elzéard Bouffier sie gepflanzt, und er ist auch nicht in aller Stille 1947 im Krankenhaus von Banon verstorben.

Die Redakteure sind aufgebracht.

Jean Giono findet ihre Reaktion völlig verrückt. Einen Autor, einen Berufsdichter zu bitten, vom sonderbarsten Menschen zu schreiben, der ihm begegnet sei, und dann schockiert darauf reagieren, dass der sonderbarste Mensch, der ihm begegnete, erdichtet ist.

Mich erstaunt am meisten, dass Jean Giono die Erzählung in wenigen Tagen geschrieben hat. Das steht auf der Rückseite. Wie nebenbei steht es da, nicht als Prahlerei. *Einige Tage später lieferte er den maschinengeschriebenen Text ab.*

Sollte ich eine Erzählung über den sonderbarsten Menschen schreiben, dem ich begegnet bin, bräuchte ich den Rest meines Lebens, um mich zu entscheiden, ob das Madame C ist, aber ich werde es nicht tun.

Ich gehe in meinen Garten, dünge meine kleinen Eichen und spreche mit meinem Vater über Gartenbau und Politik.

## *Die Pfingstrosen*

DIE PFINGSTROSEN sind da. Französische Duftpäonien, weiß, *Le Cygne* – der Schwan. Etwa ab nächstem Jahr wird *Le Cygne* in meinem Garten blühen. Lange, nachdem ich gestorben bin, wird es die Päonien geben, mit ihren gefüllten weißen Blüten, durch deren Blütenblätter sich rote Streifen wie Nervenbahnen ziehen.

Meine Großmutter hatte in ihrem anmutigen Garten Pfingstrosen. Gefüllte hellrosa Duftpäonien, deren Namen ich nicht kenne.

Wenn die rosa Päonien im Garten des Herrenhauses austrieben, hängte sich Großmutter in einem ihrer maßgeschneiderten Baumwollkleider einen Korb über dem Arm, nahm einen Sekateur und ging Pfingstrosen abknipsen. Abknipsen war ein Großmutterwort. Nach dem Abknipsen füllte sie die Vasen in der Bibliothek, dem Esszimmer und dem Saal mit anmutig duftenden hellrosa Pfingsrosen. Nirgends kamen die Päonien so zur Geltung wie in Großmutters chinesischen Vasen aus blauweißem Porzellan, so dünn und transparent wie die Blütenblätter der Pfingstrosen.

Großmutter brachte mir bei, wie man Pfingstrosen schneidet.

Eine Pfingstrose soll geschnitten werden, sobald die Blütenknospe ihre farbigen Blütenblätter zeigt, dann blüht sie in der Vase auf und hält lange.

*Blütenknospe* war ein Großmutterwort.

Man durfte nicht den ganzen Stiel nehmen und einige Blätter musste man lassen, damit die Pfingstrose im nächsten Jahr genau so üppig blühen würde. Und im übernächsten.

Großmutters Päonien waren älter als sie selbst. Die Päonien hatte es im Garten schon lange gegeben, ehe sie als junge Braut dorthin kam. Als sie mir beibrachte, wie man Pfingstrosen schneidet, war es schon lange her, seit sie Braut gewesen war. Seither war viel Blut geflossen. Ein Kind versteht immer, wenn in einer Familie Krieg herrscht, das Kind muss sich für eine Seite entscheiden und wird davon zerrieben.

Wenn ich mit Großmutter im Duft der Pfingstrosen ging, war ich auf der Großmutterseite, wenn sie zu den Knospen der Pfingstrosen ihr Blütenknospen sagte, sagte ich Blütenknospen.

Wenn ich in Mommas Bauernküche saß und an den kleinen Fliederblüten roch, die sie abschnitt und in einem Krug auf die Wachstuchdecke stellte, war ich auf der Mommaseite.

Ich war wie Momma, Großmutter glich ich überhaupt nicht.

*So werden die Herzen auseinander gerissen,* sagt die Göttertochter in Strindbergs »Ein Traumspiel«. *Die Menschen tun mir leid* und *So werden die Herzen auseinander gerissen*, sagt sie.

Aber dass der Mensch nicht dazu verdammt ist, bis ans Ende seiner Tage mit gebrochenem Herzen zu leben, dass ein Garten die Hälften wieder zusammenfügen kann, davon sagt Strindberg nichts.

In meinem Garten will ich sowohl Flieder wie Pfingstrosen haben. Mein Großmuttererbe väterlicherseits und mein Großmuttererbe mütterlicherseits werden sich ohne Disharmonie mischen.

Strindberg ist ein sehr schwedischer Autor, genial im Beschreiben eines Infernos, aber nirgendwo ein Hinweis, wie man wieder herauskommt. Dabei lebte er lange Zeiten außerhalb Schwedens und schrieb das »Plädoyer eines Irren« auf Französisch, unglaublich bewundernswert. *Le plaidoyer d'un fou*.

Ob Flieder und Pfingstrosen in Finistère gleichzeitig blühen, oder ob die Päonien nach dem Flieder kommen, wird sich in einigen Jahren zeigen. Wahrscheinlich blühen die Päonien später. Lassen wie königliche Hoheiten bei einer Premiere auf sich warten. Je später der Abend umso vornehmer die Gäste.

Die Päonie hat ihren Namen vom Arzt der Götter, Paion.

Falls Flieder etwas mit höheren Wesen zu tun hat, dann mit den kleinen Wichteln, die während des Winters im Dorf in den Schatten lebten. Momma hatte einen solchen Unhold gesehen, er war grau und verschwand mit einem hässlichen Grinsen hinter dem großen Kuhstall, *storföuse*.

Meine Schwanenpäonie *Le Cygne* kaufte ich in einer Gärtnerei an der Straße nach Lorient. Nicht in dem Rosengarten, wo ich Monsieur Le R traf, aber nicht weit davon.

Die Gärtnerei, in der ich die Pfingstrosen kaufe, ist eine sehr teure Gärtnerei, wo man für die Pflanzen übermäßig viel Geld nimmt, verglichen mit der, wo ich Stammkunde bin. Ich fahre einzig und allein deshalb zu der teuren, um die Preise zu vergleichen und um auszurechnen, wie viel ich verdiene, indem ich nicht dort einkaufe.

Diese Preisunterschiede halten mich am Leben.

Die Päonienpflanzen musste ich trotzdem dort kaufen. Hat man die Gelegenheit, *Le Cygne* zu erwerben, dann muss man sie nutzen, koste es was es wolle. Mit Schuldgefühlen wegen des Verrats an meiner Gärtnerei und wegen der Geldverschwendung kaufe ich drei Päonienpflanzen und trage sie zum Auto. Platziere sie höchst vorsichtig auf dem Beifahrersitz. Als ich den Sicherheitsgurt anlege, hätte ich das beinahe auch bei den Päonienpflanzen getan, aber sie sind nicht groß genug.

Zu Hause angelangt, löse ich ehrfürchtig die Verpackung. Die Pfingstrosenpflanzen sind kaum mehr als einige welke Blätter an einem Stock. So soll es sein. Sie müssen nur in die für sie ausgehobenen Pflanzlöcher kommen, dann werden sie bald genau so prachtvoll sein wie die meiner Großmutter. Hoffentlich.

Pfingstrosen sind wählerisch, wie wählerisch weiß ich erst, seit ich in den Gartenbüchern davon las.

Dass eine Blume, so sanft und anmutig wie die Pfingstrose, so heikel und so anspruchsvoll sein kann, erlebe ich wie eine kalte Dusche. Das ist wie mit meinen Freundinnen, als wir Teenager waren, immer war es die Anmutigste, die bestimmte. Ich denke auch an Madame C, unter deren sanftem Wesen eine grenzenlose Stärke zu ahnen ist.

Dem englischen Gartenbuch zufolge sind Päonien so anspruchsvoll, dass man es am besten gleich sein lässt. Um zu wissen, wie die Erde beschaffen ist, muss man Generationen zurückgehen, bis zurück zum Big Bang, um zu wissen, wie die Elemente im eigenen Garten verteilt sind. Mit Hilfe des von mir verworfenen Sonnenschemas muss man in Erfahrung bringen, wie der für die Pfingstrosen lebenswichtige Halbschatten zu wandern pflegt. Man muss auch den exakten Säuregrad des Humus kennen und welche Partien des Gartens Kalk- und welche Lehmboden haben. Das englische Gartenbuch ist absurd, das französische auf Französisch, also werden meine *Le Cygne* nach dem schwedischen Gartenbuch gepflanzt.

Madame C wird nicht befragt.

Päonie heißt *pivoine*. Mein Stolz verbietet mir, dazustehen und *piovin* zu sagen oder *pivion*.

Fürs Pfingstrosenpflanzen ist das schwedische Gartenbuch eine Orgie in dem, was unser so genanntes *landet lagom* kennzeichnet. Gerade richtig. Mäßig. Nicht zu viel und nicht zu wenig.

*Die Pfingstrosen wollen beim Pflanzen mäßig gedüngt werden*, steht da. *Nicht zu viel, nicht zu wenig*. Hat man versehentlich zu wenig genommen, muss man nachher mehr geben, aber wird es zu viel, ist das nicht gut. Aber auch nicht ganz schlecht. Sich immer in alle Richtungen absichern! Der Boden darf nicht zu kalkarm sein, aber zu kalkhaltig ist auch nicht gut.

Aber immer kann man es so hinbekommen, dass es gerade richtig ist. Nicht zu viel und nicht zu wenig. *Lagom*.

Nach dessen Instruktionen, gegen meine Natur, pflanze ich die Pfingstrosen. Erst als ich zum *Erde anhäufeln* komme, ist Schluss.

*Häufeln Sie in den ersten Jahren Erde über den Pfingstrosen an.*

*Erde anhäufeln!*

So ist das mit den Gartenbüchern. Sie gehen alle immer davon aus, dass man das weiß, wofür man sich ein Gartenbuch angeschafft hat. Als ich im Register *Erde anhäufeln* nachschlage, finde ich dafür keine Erklärung, weder was es bedeutet, noch wie man vorgeht. Ob man einfach Erde rings um die Päonien anhäuft? Ob man sie damit bedeckt?

Wenn ich schon im Register blättere, kann ich auch gleich unter Maulwurf nachschlagen. In diesem schwedischen Gartenbuch stehen Maulwürfe zusammen mit Igeln und Fledermäusen unter *andere Kleintiere. Richten keinen größeren Schaden an*, heißt es da. Da klappe ich das Register des schwedischen Gartenbuchs endgültig zu.

Von dort ist keine Hilfe zu holen, von nun an heißt es: Der Maulwurf und ich. Was für schädliche Tiere Maulwürfe sind, habe ich, wie schon Monsieur Le R in seinem schnurgeraden Garten, erfahren dürfen. Dass das schwedische Gartenbuch Fakten solcherart verschweigt, ist nicht anders zu erwarten.

Wenn es zur praktischen Kriegführung kommt, ist mein früheres Vaterland wie gewöhnlich neutral.

## *Das Versprechen*

Ein leiser Nieselregen fällt an einem milden Februarnachmittag, ich knie am Zaun zur Dorfstraße und lege Wickensamen.

Ich habe jetzt ein halbes Jahr hier gewohnt, ein halbes Jahr im Himmel.

Weicher Regen. Schwache Brise vom Meer.

Ich ziehe mit der Gabel Furchen in die Erde, mache Vertiefungen und stecke mit einem Teelöffel Wickensamen hinein. Zwei, drei Wickensamen in jede Vertiefung, dann müssen die Samen bedeckt werden.

Ich mische Dung unter die Erde, die ich vorsichtig mit den Händen andrücke.

Vollkommen glücklich.

Dass es darauf hinauslief. Auf der bloßen Erde zu knien und mit Wickensamen zu matschen, warum haben sie das nicht gleich gesagt?

Dass ein paar Pferdeäpfel und einige Samen reichen. Ein Spaten. Etwas Humus, lauwarm, wie der Humus in Finistère.

Sogar im Februar ist der Humus menschlich und warm, man ist nicht vor Kälte steif und blau gefroren. Bekommt keine kleinen Wunden an den Händen, vor Kälte raue und aufgerissene Haut, Frostbeulen.

Die Erde hier ist Balsam für die Hände, feucht und fett.

Felder und Wiesen, Sonnenuntergänge, steinerne Einfassungen um die Höfe.

Efeu, das leuchtende Moos in den Wäldern, die Wege.

In den Gärten das explodierende Pflanzenwachstum, die weißen Winterblüten der Magnolien, die Mimosen, die feuchte Wärme der Erde in Finistère.

Dieses verwirrende Glück, dass jetzt meines ist, alles was die Hände fühlen und die Augen sehen.

Diese wunderbaren Kinder mit ihrem strahlenden Lächeln, der Augenkontakt, *bonjour, Madame!*

Die kleine Stadt mit ihren Bars. Der Supermarkt, die Post, das Gemeindebüro, das Kino, die Bäckereien, die Tankstelle, der Buch- und Zeitungsladen, der Optiker, der Zahnarzt, alles, was ein Mensch braucht, gibt es in der Stadt, zu der ich gehöre.

Alles, was ich tun musste, war hierher zu kommen, und alles wurde meins.

Das Meer, das ungeheure Meer, das ich vom Arbeitszimmer aus sehe, der Atlantik, der mit seinen gewaltigen Gezeiten kommt und geht. Das schimmernde, gefährliche Meer mit seinen tiefen Rinnen.

Finistère, das gesamte Finistère, jeden seiner 6733 Quadratkilometer, jede seiner 283 Kommunen liebe ich, alles ist meins und ich bin erfüllt von Liebe dafür.

Sogar für die Maulwürfe empfinde ich Liebe, die unsichtbaren Maulwürfe und ihre Hügel in meinem Garten, die Maulwürfe, deren Spuren mich verschrecken – sie kippen die Pfingstrosen von unten her um.

Sogar die Maulwürfe liebe ich.

Hier knie ich und wühle in der Erde, eine glückliche Wühlmaus. Da kommt Madame C in ihrem rotlila Renault und bleibt an meinem Zaun stehen.

Madame C ist Witwe.

Zweifache. Sollte sie wieder heiraten und der Mann wieder sterben, wäre das verdächtig, aber es scheint, als habe sie nun genug von Trauer. Ich denke nicht daran, wieder zu heiraten, hat sie doppeldeutig lächelnd gesagt. Nebenbei. Man kann ja dennoch Frau sein. Sagt sie.

Madame C steigt genau so graziös wie immer aus ihrem

Auto. Heute in Stiefeln, Trenchcoat und mit einer Kopfbedeckung, die bei jeder anderen absurd aussähe, nur nicht bei Madame C.

»Was tun Sie da?«, fragt sie verdutzt, als sie mich mit Teelöffel und Gabel in der Erde sieht.

»Ich bin Wicke«, antworte ich und zeige ihr die Samentüte. *Pois de senteur. Spencer écarlate.*

»Sie säen Wicken«, sagt Madame C. »Legen Samen, pflanzen«, fährt sie in der feinen Art fort, in der sie mich in ihrer Sprache mit Hilfe von Synonymen unterrichtet, anbauen kann auch *cultiver* heißen.

Wir siezen uns noch und wir haben noch nicht angefangen, uns auf die Wangen zu küssen, Madame C und ich kennen uns jetzt ein halbes Jahr, ich hoffe, das bedeutet, es wird so bleiben, wie es ist.

Keine Wangenküsse.

Zu meinen schwedischen Freunden sage ich, Madame C sei meine Freundin in Finistère.

Das ist so am einfachsten. Aber eine Freundin, mit allem, was das an Vertraulichkeit bedeutet, ist Madame C nicht und sie heißt auch nicht Madame C, so wenig wie ich *ich* heiße, aber so sagen wir.

*Ich* bin nicht das *ich* aus der Realität der Welt. Madame C ist nicht Madame C, und was sie auch sein mag – eine enge Freundin ist sie nicht.

Wenn ich etwas erzählen wollte, wählte ich anfangs immer das neutralste Wort. Nicht nur, weil mein Wortschatz begrenzt war, sondern weil ich mein raubeiniges Wesen nicht enthüllen wollte. Ich bin viel feiger und opportunistischer als Madame C. Nicht, weil ich von Natur aus so bin, sondern weil ich als Schwedin geboren bin.

Als mir ein Abonnement für das Handy mit Hinweis darauf, dass ich Ausländerin bin, verweigert wurde, sagte ich zu Madame C, diese widerwärtige Verkäuferin, dieser entsetzliche Schandfleck von Finistère, sei nicht sonderlich nett gewesen.

»Sie meinen schrecklich«, sagte Madame C und zählte eskalierende Synonyme auf. »Grässlich. Grauenhaft. Widerwärtig, widerlich. *Terrible. Dégoûtante. Dégueulasse*!«

Madame C hat die Anmutung einer Wicke, aber sie ist scharfkantig wie der Brillant, der an ihrer gepflegten Hand blitzt.

An diesem Tag im Februar, als ich begeistert mit meinen Samen auf der Erde knie, sage ich zu Madame C, es sei in Finistère so wunderbar, dass man darüber ein Buch schreiben sollte.

Ich stehe auf, richte den Rücken und sage, dass man ein Buch schreiben sollte, so schön sei es.

Madame C nimmt das wörtlich. Schlägt die Hände zusammen, klatscht meine unachtsamen Worte wie eine Fliege zwischen den Handflächen und ruft, das sei genial.

»Ein Buch über Finistère, über Ihre Begegnung mit Finistère, *c'est génial*!«

Die bezaubernde Madame C mit ihren schönen und gepflegten Händen, dem Brillantring, den sie nicht von einem ihrer beiden verstorbenen Männer bekommen hat, ihre prägnanten Gesten.

»*C'est génial*«, ruft sie.

»Sie müssen ein Buch über Ihre erste Zeit in Finistère schreiben!«

Ich weiß, ich müsste nein sagen, aber versuch das bei Madame C! Man muss *non* sagen, aber das hilft nicht. Madame C ist eine sehr eigensinnige Frau.

Ich auch.

»*Non*, Madame C«, sage ich. »*Non, non. Non pas. Non.*

*Mein erstes Jahr in Finistère!* Madame C, hören Sie doch selbst, das ist unmöglich. *Impossible*, Madame C. Was die Welt braucht, ist ein Handbuch für das Überleben dieses Planeten, aber nicht noch ein Buch von einem Idioten, der von Zuhause wegzieht und nun staunt, weil die Menschen so komisch sprechen und die Installateure unberechenbar sind.

*Non*, Madame C, das geht nicht.

Ich bin eine seriöse Schriftstellerin. Eine Dichterin bin ich, keine Mein-erstes-Jahr-in-Finistère-Dilettantin.

Dass die Eingeborenen nicht längst alle diese Provence-Plagen und Bretagne-Besudler gelyncht haben, beweist nur, wie gutmütig sie sind.

Lasst alle diese Lebensgenuss-Imperialisten mit ihren Strohhüten einige Jahre vom Beaujolais Nouveau leben und weist sie dann auf immer und ewig aus, aber lasst mich aus dem Spiel.

*Non pas*, Madame C.«

Wie auch immer ein Lebensgenuss-Imperialist auf Französisch heißt, mein *non* ist ein *non*, unmissverständlich.

Madame C versteht immer, was ich sage, ein halbes Jahr lang hat sie verstanden, was ich meine, und zwar abgesehen davon, was ich gesagt habe, aber jetzt gefällt es ihr, mich nicht zu verstehen.

Es kommt nicht in Frage, dass das Buch nicht geschrieben wird oder dass ich es nicht schreibe. In meiner Sprache selbstverständlich – *naturellement* – in meiner Sprache und mit meinen Übertreibungen, diesen Übertreibungen, deren Bedeutung Madame C nicht genug hervorheben kann, aber da es ein Bestseller wird, wird es in alle Sprachen der Welt übersetzt.

»Un bessöllö'rr«, sagt Madame C.

Ihr Englisch ist, wie mein Französisch, jenseits aller Ausspracheregeln und aller Syntax.

Ich verfluche meine unbedachten Worte, diese unbedachten Worte, die mein Leben bestimmen. Ständig diese Wörter, die mich bestimmen, statt umgekehrt; diese verfluchten Wörter.

»Dann ist das abgemacht«, sagt Madame C. Hüllt sich in

ihren Trenchcoat wie in einen Abendmantel und schwingt sich ins Auto.

»Bis morgen. *À demain.*«

»*À demain*, Madame C. *À demain.*«

Ich betrachte meinen Garten, mein Haus, höre das Meer, das Rauschen in den Baumwipfeln und die Warnbojen. Spüre die frische Brise vom Meer.

Das Haus, die Strände, die Klippen, die Pfade, die Wiesen. Meine kostbare Freiheit, nur zu sein, meinen Garten zu bestellen und zu gießen. Ich habe alles, und dann gehe ich hin und verspreche, es wegzugeben, verspreche, es auszuliefern, setze es zum Verkauf aus. Alles lasse ich im Stich. Mich selbst genau so sehr wie Finistère.

Das, was man fühlt, in Worte fassen, heißt, das Natürliche unnatürlich machen. Jeder, der auch nur versucht hat, eine Postkarte zu schreiben, weiß – aufschreiben heißt, das Erlebte zu verringern, das Selbstverständliche aufzuheben.

Das ganz Einfache.

Jeder Mensch tötet, was er liebt, heißt es irgendwo, und so habe ich versprochen, mein Finistère umzubringen.

Ich kann Madame C nicht die Schuld zuschieben, aber ich muss.

## *Postkarten aus Finistère*

MADAME C lebt einige Dörfer weiter landeinwärts. Ihr Dorf ist schöner als meins, aber meins liegt näher am Meer. Keiner will tauschen.

Das Dorf, in dem Madame C lebt, ist märchenhaft und idyllisch. Auf Postkarten von einem typischen alten Dorf in Finistère ist immer Madame C's Dorf abgebildet. Das Dorf besteht aus einer Gruppe uralter Steinhäuser, bewachsen mit Efeu und wildem Wein, mit Glyzinien und Geißblatt. Gärten mit Blumenbeeten, in denen je nach Jahreszeit Osterglocken blühen, Stockrosen, Klatschmohn und Hortensien. Sogar ein Hortensienhasser wie ich muß zugeben, wie schön das aussieht. Wolken blauer oder rosa Hortensien, den prächtigsten Hortensien von Finistère. Große alte Bäume – Eschen, Eichen und Linden. Wunderbare Platanen. Meterhohe Grasbüschel, die wie Derwische in den winterlichen Winden wirbeln.

Als ich vor einem Jahr kam und durch das Dorf fuhr, sah ich nur das Postkartendorf mit den Postkartenhortensien und dem Postkartenklatschmohn. Es war der reinste Kitsch. Aber je mehr man vom Dorf sieht, je mehr man weiß, was hinter den alten Mauern liegt, desto mehr verwandelt es sich von einem Postkartendorf in ein reales Dorf.

Im Haus neben Madame C wohnt ein Paar in den Vierzigern mit drei Kindern. Er trinkt und sie schreit und die Kinder rennen. Madame C hat versucht, einzugreifen, auf ihre taktvolle Weise, aber sie hat nichts erreicht. Um die beiden Erwachsenen gibt es eine Barriere, ein Band, das sich nicht durchbrechen lässt.

Um der Kinder willen mischt sich Madame C ein. Sie hat den drei Geschwistern klar gemacht, dass sie jederzeit willkommen sind. Ihre Gartentür steht ihnen immer offen, sie müssen nur hinein rennen.

Höflich und fröhlich nehmen sie Saft, Obst oder Kuchen an, was ihnen Madame C anbietet. Aber sie suchen nicht Zuflucht bei ihr. Die Kinder sind weder gestört noch verschreckt, das ist so erstaunlich. Wenn die Eltern in ihrer sonderbaren Weise darauf beharren, nicht ohne einander sein zu können, hüpfen und springen die Kinder auf dem Hof herum, spielen Ball, spielen mit dem Hund oder den anderen Kindern des Dorfs.

Sind sie zufällig bei Madame C, wenn zu hören ist, dass die Eltern wie die Wahnsinnigen brüllen, verdrehen die drei Geschwister nur die Augen und sagen, jetzt geht das wieder los. Aber das geht schnell vorbei. Oder es dauert eine Weile an. Wie eines dieser Unwetter, die hier auftauchen, es donnert und blitzt eine Weile und dann ist es vorüber. Oder es hält länger an als berechnet.

Die Familie mit dem saufenden Vater und der schreienden Mutter müsste eigentlich eine Problemfamilie mit Problemkindern sein, ist es aber nicht.

Wenn ich das als weiteren Beweis dafür anführe, wie gut es in Finistère ist, sagt Madame C, Schlussfolgerungen dieser Art seien *idiotische Vereinfachungen komplizierter Zusammenhänge*.

»Aber«, sagt sie energisch, und der Brillant funkelt, »wenn das Ihrer Schilderung von Finistère dient, dann sollen Sie es so schreiben.«

Madame C entwickelt ihre Argumentation, kein Literaturwissenschaftler kann einen schärferen Blick für den Unterschied zwischen Leben und Fiktion haben als Madame C, die immer wieder überrascht.

Wenn das Bild meiner ersten Zeit in Finistère idyllisch sein muss, soll ich Vereinfachungen nicht ausweichen, betont sie. Eine Vereinfachung, die in der Realität idiotisch ist, kann in der Fiktion vor Intelligenz blitzen. Die Realität und ihre Komplikationen sind eine Sache, die Komplikationen in der Gestaltung eine andere, und der Schreibende entscheidet über den Grad von Vereinfachung oder Komplikation.

Buch ist Buch, Realität ist Realität, und Madame C zufolge treffen die beiden sich nie.

Die Hauptsache ist, der Autor macht deutlich, was was ist. Damit das gelingen kann, muss ich aus meiner Fabulierkunst Nutzen ziehen, sagt Madame C, aber vor tauben Ohren.

Nachdem sie sagt *idiotische Vereinfachungen komplizierter Zusammenhänge* höre ich nichts mehr von dem, was sie sagt.

Sie hat recht.

Es ist das Bild eines Dorfs, das ich vermittle, wenn ich das hier bringe, das Äußerliche, die Postkartenansicht. Nicht das Dorf selbst, denn das geht nicht.

Um einem Dorf seine reale Tiefe zu geben, müsste man sein Leben lang dort gelebt haben, man müsste wissen, wie unter den Hausfundamenten die Sedimente von Generationen gelagert sind, wer wen vor fünfzig Jahren im Stich gelassen hat, wer im Dorf Kinder hat, wer wessen Schwester ist und wer der Bruder.

Wer lediglich vorbeifährt, lernt die eigentliche Tiefe eines Dorfs nie kennen, und bei meiner Erfahrung von Dörfern müsste ich sagen können, das spielt auch keine Rolle.

Wie ich das Dorf schildern werde, in dem Madame C wohnt, verschiebe ich.

Es bleibt in der Zukunft noch genug Zeit, darüber nachzudenken, welches Bild ich vermitteln will. Alles ist möglich. Dank Madame C werde ich alles tun, um keine Schlussfolgerungen aus äußerlichen Beobachtungen zu ziehen, *idiotische Vereinfachungen komplizierter Zusammenhänge*.

## *Die Stadt der alten Damen*

Am Rand der Stadt, einige Dörfer hinter dem Dorf, in dem Madame C wohnt, liegt ein Viertel, das ich die Stadt der alten Damen nenne, denn dort stehen immer alte Damen an den Gartenpforten und unterhalten sich.

Die Damen reden, kehren den Bürgersteig, schneiden verwelkte Blüten ab und zupfen trockene Blätter von ihren prächtigen Pflanzen.

An einem Haus wächst eine Glyzinie, die dem Vorübergehenden den Atem benimmt. In hellem Blauviolett, sich unter den üppigen und wie Wicken duftenden Blütentrauben biegend. Das Laub leuchtendgrün, üppig und vollkommen. Diese über den gesamten Garten hin verzweigte Glyzinie ist die Glyzinie aller Glyzinien. Die kräftigen Stämme, die sich silbrig schimmernd am Zaun entlang schlingen, wölben sich über das Tor, und wie ein Zirkusartist unter der Kuppel zieht sich die Glyzinie bis zum Haus, wo sie über die gesamte Fassade klettert und rankt.

Die Glyzinie muss mindestens eine Generation alt sein, das Haus wirkt jünger. Als sei der Architekt von der Glyzinie ausgegangen, als das Viertel entstand.

Ich habe von einer solchen Glyzinie an meinem Haus geträumt, aber Madame C rät davon ab.

Da mein Garten so klein ist – Madame C sagt, er sei klein –, würde die Glyzinie den anderen Pflanzen die Nahrung entziehen. Nichts hat so kräftige Wurzeln wie der Blauregen, *les glycines*. Die können ein Haus umwerfen, ein ganzes Dorf, die können einen Felsen sprengen.

Madame C warnt mich ernstlich, *sérieusement*, eine Glyzinie in meinen *petit jardin* zu pflanzen.

Ich muss mich damit begnügen, die Glyzinien anderer zu genießen, und das tue ich.

Nie hätte ich geglaubt, dass ich mal so eine sein würde, die sich nach einer Glyzinie sehnt. Das ist wie mit dem Steingarten. Ein Steingarten – nur über meine Leiche, mit Steingartenpflanzen, wie ein altes Weib altjüngferlich und resigniert trist. Und jetzt genieße ich stattdessen jeden Tag meines Steingartens und seiner Kakteen. Bald stehe ich dort zwischen Geranien.

Jeden Tag komme ich an der Stadt der alten Damen vorbei und fahre, andächtig die Glyzinie betrachtend, so langsam es geht, ohne dass das Auto stehen bleibt.

Die alten Damen beobachten misstrauisch mich und mein Auto. Wenn ich in den Rückspiegel schaue, sehe ich immer, wie sie sich umdrehen und kritisch mein ausländisches Nummernschild betrachten. Ob sie wohl weniger misstrauisch nach meinem Auto schauen, wenn dessen *immatriculation de véhicule* fertig ist und ich meine Finistèreschilder bekomme?

Die alten Damen sind so alt, wie Damen in Finistère werden. Keine geht, ehe sie nicht fünfundneunzig ist. Das weiß ich deshalb, weil ich nie die Todesanzeigen in der Tageszeitung überspringe.

So eine alte Dame wie Momma will ich werden, mit Kleid und Schnürschuhen und Dutt. An der Gartenpforte stehen und mich mit Madame C unterhalten, bis wir glücklich verwelkt sind. Wie die alten Damen in der Stadt der alten Damen.

Sogar während der Regenperiode im letzten Winter konnte man sie unter Regenschirmen stehen und reden sehen. Dieses an den Pforten stehen, dieses Bürgersteig fegen, dieses ständige miteinander reden, das ist möglich, weil die große Kälte Finistère nie erreicht.

Hier gefriert der Atem nicht, beißt die Kälte nicht. Kein Ohrläppchen, keine Nasenspitze erfriert. Die Zunge friert nicht fest, ehe man sich versieht. In solcher Kälte macht man nicht viele Worte.

Momma konnte nie an der Gartenpforte stehen und sich unterhalten, dort oben hat man keine Gartenpforten. Sie sind nicht nötig, die Kälte reicht als Zaun, und der Raureif errichtet Stacheldraht ums Haus.

Die Menschen in wärmeren Gefilden können offen sein, weil die Verhältnisse es zulassen. Offen sein konnte man dort, wo ich Kind war, nur, nachdem man den Schnee von den Skistiefeln gebürstet und die Türen hinter sich zugemacht hatte – die Tür zum Vorbau, zum Windfang, zum Flur und zur Küche.

Nach so viel unerlässlichem Zumachen entsteht nicht viel Offenheit.

Lass nicht die Kälte herein!, war die üblichste Zurechtweisung, als ich Kind war. *Tjlepp int in tjårrda.* Diesen tche-Laut am Wortanfang habe ich in keiner anderen Sprache je gehört, und ich weiß nicht, wie man ihn schreiben soll. Es gibt keine Orthographie für diese Lautbildung, keine Buchstaben.

Um den Laut entstehen zu lassen, muss die Zunge rückwärts gegen den Gaumen gerollt werden, und der Laut beim Ausatmen durch die Mundwinkel ausgestoßen werden. Keiner, der nicht in dem Dorf geboren wurde, in dem ich geboren wurde, lernt je, diesen tche-Laut auszusprechen.

Mein Vater versuchte es fünfzig Jahre lang, aber als er starb, war er noch so weit davon entfernt wie damals, als er kam. Er bemühte sich, mit den Bauern in der Sprache der Bauern zu reden, und die Bauern lachten darüber, hinter seinem Rücken und ihm ins Gesicht. Er wollte einer der ihren sein, aber das ging nicht, weil er nicht von dort kam.

Für ein Kind gibt es nichts Schlimmeres, als wenn die Leute den Vater hinter seinem Rücken auslachen.

Wenn meine Schwester in unserer Kindheit alte Tanten zeichnete, dann immer so, dass an jedem Ende des Kleids ein Bein herausschaute. Ein Kopf und das Kleid und an den beiden Ecken des Kleids je ein Bein. Genau so wie bei den alten Damen in der Stadt der alten Damen in Finistère.

Eine solche alte Dame werde ich, und das wird spannend.

Für den Tod habe ich nichts übrig. Nachdem ich endlich anfange, mich an diesen Körper hier auf dieser Erde zu gewöhnen – da wäre Sterben eine unsinnige Verschwendung. In Finistère zu sterben, nachdem ich gerade dabei bin, mich zu verwurzeln, wäre das eine Pointe, der ich nichts abgewinnen könnte.

Endlich stehe ich fest auf der Erde, auf Beinen wie Pfosten, den Hintern in die Höhe. Vom Hochgebirge und Binnenland des mittleren Norrland bis Finistère recken alte Damen den Hintern in die Höhe und rupfen Unkraut, immer ist irgendwo Erde, die will, dass man das tut.

Früher stellte ich mir das Altern wie eine feige Ungerechtigkeit vor, die sich an Menschen heranmacht, wenn sie nicht mehr so widerstandsfähig sind wie früher. Das Alter stellte ich mir als eine Kränkung vor.

Jetzt verfolge ich neugierig, was mit diesem armen Körper geschieht, der sich so viele Jahre lang so widerwillig meinem Willen unterworfen hat. Das arme Gesicht, alle Bedrohungen, vor denen es widerstandslos kapitulierte. All die unbezahlte Arbeit, die ich darauf verwendet habe, um mich zur Frau zu machen, all das rausgeworfene Geld. Alle doppelten Botschaften, unermüdlich interpretiert und angewandt.

*Leg im Schlaf die Hände hoch, dann werden sie kleiner.*

*Alles, was ins Gesicht kommt, kommt auch auf den Hals.*

*Wäschst du das Gesicht mit Wasser, kannst du dir ebenso gut Salzsäure darauf schütten.*

Dieser Krieg, den ich gegen den Körper ausgefochten habe, dieser angeborene Gegensatz zwischen Körper und Seele. Ich bin von Natur aus treu, mein Körper ist ein leichtfertiger Idiot, der für einen Augenblick Genuss alles, was mir lieb und teuer ist, verraten hat.

Der Krieg ist aus, ich habe gewonnen und gratuliere mir zum Sieg, auch wenn er spät kam.

Neunzig Jahre Palmolivseife und Kalkwasser, und die Wangen meiner Großmutter waren wie Rosenblütenblätter, die ganze Momma war so glatt und ihr ganzes langes Alter hindurch gewissermaßen wie unbenutzt.

Bald bin ich mit meinem von Hautcreme mitgenommenen Gesicht da angelangt, bald ist mein Äußeres genauso alt wie mein Inneres.

Oder umgekehrt.

Diese alte Dame, die in mir während all der Jahre Erfahrungen und Wissen gesammelt hat, ist unterwegs ans Licht, und das weise Geschöpf naht mit Riesenschritten.

*Bonjour, Madame! Bienvenue.*

Aber ich weiß es nicht.

Madame C hat einen Geliebten, Ryszard.

## *Der Rosenkavalier*

Eines ist mal gewiss, als erste kommen die Gärtner in den Himmel.

So steht es in einer Gartenzeitschrift von 1664, und ich glaubte das auch. Wer sich der Gartenarbeit widmet, sündigt nicht. Ein Gartenmensch ist ein friedlicher Mensch, der an leben und leben lassen glaubt. Das nahm ich für gegeben – bis ich selbst ein Gartenenthusiast wurde und bis zum Tag, an dem Monsieur Le R sein wahres Gesicht zeigte.

Monsieur Le R ist ein pensionierter Witwer, der in ein an Finistère angrenzendes Departement gezogen ist.

Sein Garten wurde in der Gartenzeitschrift *Le Jardin* in einem doppelseitigen Artikel vorgestellt. Der Garten, den Monsieur Le R geschaffen hat, ist paradiesisch, ist *Le Jardin* zufolge ein veritabler Garten Eden. Dieser berühmte Garten liegt an einem Flüsschen. Umgeben von Wald, der vor stürmischen Winden schützt, und Hügeln, die mögliche winterliche Unwetter abhalten.

Monsieur Le R's Garten ist nicht den Stürmen vom Meer und den salzigen Winden ausgesetzt wie die Gärten in meinem Dorf. Wie ausgesetzt, wusste ich nicht, ehe im Winter zweitausend auf zweitausendeins der große Regen kam.

Es ist vor dem Einzug im Sommer zweitausend, meinem ersten Sommer in Finistère, dass ich mit Monsieur Le R Kontakt habe.

Ehe ich in mein Haus einziehe, ehe ich Madame C kennen lerne.

Der Garten, den Monsieur Le R mit seinen eigenen Händen geschaffen hat, ist ein Wunderwerk disziplinierter Gartenkunst. In Form geschnittene Hecken, mannshohe Hortensien, Ampeln mit Hängelobelien, die seine Gartenpforte einrahmen.

Jedes Gewächs glänzt, kein Blatt liegt schief. Nicht eine Blattlaus, nicht eine kleine Ameise. Schnurgerade Beete. Die Pflanzen lassen sich allerdings nicht so richtig schnurgerade hinbekommen, meint Monsieur Le R.

Der bereits existierende Garten musste komplett umgegraben werden. Der war völlig verwildert, ein veritabler Dschungel.

Es fehlten nur noch die Affen, meinte Monsieur Le R.

Ich würde am liebsten sagen, mein Garten dürfe gern ein veritabler Dschungel sein, aber die Syntax ist zu schwierig.

Ich sage zu Monsieur Le R nichts von meinem Dschungel. Er ist süß, und eigentlich gleicht er selbst einem kleinen Affen. Großer Abstand zwischen Nase und Mund. Kurze Haare, kleine Ohren. In meinem Alter, ein Mann eben.

Wir begegnen uns bei einem Rosenzüchter in der Gegend, in der Monsieur Le R wohnt. Ich erkunde die Umgebung. Habe mein Haus gefunden und meinen Garten, bekomme die Schlüssel aber nicht vor August.

Ich bin voller Erwartung, es fühlt sich an wie Verliebtheit, wie dieses erste Stadium einer Romanze, wenn alles ganz einfach ist und irgendwie intensiver.

Ich schaue mir Rosen an, um mich zu entscheiden, ob eine Rosenhecke oder eine Lorbeerhecke diesen ersten Garten meines Lebens einfrieden soll. Wenn Rosen, dann soll es eine Rosensorte sein, die zweimal im Jahr blüht. Eine Rose, die ein zweites Mal blüht, nennt sich *remontante*.

*Remontante.*

*Rrrremontante, rrremontante.*

Das R zu rollen, ist für einen Franzosen ganz natürlich. Jemand aus Südschweden sollte damit vielleicht zurechtkommen, aber wer aus Hochgebirge und Binnenland des mittleren Norrlands kommt, Anbauzone 7, bei dem geht das nicht.

Als ich so R's rollend durch diesen Rosengarten gehe, spüre ich, wie mich etwas an der Schulter berührt, ein rücksichtsvolles Klopfen, wie an eine menschliche Tür. An meinem Bein schnuppert eine feuchte Schnauze.

Das ist Monsieur Le R mit seinem Hund. Der Hund schnüffelt, Monsieur Le R klopft. Sagt, es habe den Anschein, als brauche ich Hilfe. Er stehe gerne zu Diensten, sagt er.

Ich danke, und damit ist die Beziehung da.

Von dem Moment an, als er fragt, ob ich Hilfe brauche, bis zu dem Moment, als wir in der hochsommerlichen Hitze auf seiner Terrasse sitzen und Monsieur Le R seine wahre Natur enthüllt, haben wir eine Beziehung.

Eine sexuelle Beziehung?

Nur wenn der Begriff sexuell im weitesten Sinne benutzt wird. Wenn man mit sexuell nicht nur die mehr oder weniger lustvollen Paarungsakte von Menschen meint, sondern auch die Begegnung von Erde mit Pflanzen, die Sexualität von Staubgefäßen und Stempel, die Sexualität der Blumenzwiebeln in einem Garten.

Die Begegnung eines Menschen mit einem Garten kann mehr Sex haben als all jene Umarmungen, zu denen sich die Frauen meiner Generation genötigt sahen, um an der sexuellen Revolution teilzuhaben.

Die Beziehung zwischen Monsieur Le R und mir ist streng hortikulturell.

Vorläufig.

Monsieur Le R ist ein Mann mit gesundem Menschenverstand, den er mit mir teilt. Er spart keine Mühe. Er gibt Ratschläge zur Pflege von Pflanzen, deren Ableger und Schösslinge ich bekommen werde, selbst beim Pfropfen will er mir helfen. Er zeigt mir, welche Pflanzen Sonne haben müssen und welche Schatten vertragen. Betont den Nutzen robuster Pflanzen, die überwintern können, verglichen mit einjährigen und zweijährigen Pflanzen.

Er ist unermüdlich, Monsieur Le R.

In seinem kreideweißen Citroën nimmt er mich mit zu Blumenausstellungen, Schlossgärten und einem Kamelienfest, wofür ich ihm überschwänglich danke.

Dieses Danken ist ein vergiftetes Erbe aus meinem Vaterland und meiner Muttersprache.

»Danke für das Kamelienfest, Monsieur Le R, es war unvergesslich, vielen herzlichen Dank.«

Dieses Danken für Bestrafungen von Verbrechen, die man nicht begangen hat – danke für das denkige Kamelienfest. Ich habe eine Erinnerung fürs Leben, eine, die ich nie mehr loswerde.

Das Gedränge und die Hitze, die Musikberieselung aus den Lautsprechern, französische Balladen und belgische Technomusik, keltische Dudelsäcke. Der Schwindel, die Übelkeit, die Toilette, nichts als ein Loch im Zement.

»Vielen vielen Dank, Monsieur Le R, *merci beaucoup*.«

Danach kann Monsieur Le R gar nicht genug Kamelienfeste auftreiben, zu denen er mich in seinem kreideweißen Auto mitnimmt.

»Bald beginnt die Zeit der Hortensien, dann kommen die Hortensienfeste«, sagt Monsieur Le R, und der Ausdruck seines entzückenden Paviangesichts, mit dem er mich ansieht, kann nicht anders als zärtlich genannt werden. Er plant für unsere Zukunft, ich bin gerührt.

Monsieur Le R bringt mir nicht nur bei, welche Pflanzen am günstigsten zu pflanzen sind, sondern auch, welche Schädlinge und Krankheiten sie bedrohen können. Von dem Moment an, wo eine Pflanze an ihren Platz gepflanzt ist, ist sie Bedrohungen und Angriffen ausgesetzt. Von außen, von innen, von der Seite. Ererbtes, Entartetes, Abgase, Umweltzerstörung.

Die Pflanze wird aus der Erde angefallen, aus der Luft. Der leichteste Windhauch bringt ansteckende Krankheiten aus fremden Gärten in meinen, der von Epidemien betroffen dahinsiechen kann.

Fliegende Ungeheuer, kriechende, krabbelnde, sich schlängelnde.

Ameisen – schwarze Ameisen, rote Ameisen, große Ameisen und kleine Ameisen.

Blattläuse, Wurzelläuse, Erdflöhe.

Ratten und Mäuse, Wühlmäuse – Nager aller Arten. Schnecken, mit und ohne Schneckenhaus.

Schimmel, Moos, Mehltau.

Würmer, Pilze, Viren – sobald du deine erste Pflanze gepflanzt hast, ist sie bedroht.

Alles, was von außen kommt, ist eine Bedrohung deines Gartens.

Als er vor zehn Jahren seinen Garten übernahm, war Monsieur Le R als erstes gezwungen, in einem Schutzanzug, mit einem Tank auf dem Rücken, jeden Millimeter mit einem Produkt zu besprühen, das er selbst gemischt hatte.

»Ich sah aus wie der erste Mensch auf dem Mond«, sagt er stolz.

Ich bin beeindruckt.

Unsere Beziehung rollt nach den uralten Mustern ab.

Es gibt nur einen Schädling, mit dem Monsieur Le R nicht fertig wird. Von allen Arten, von allem was lebt, was wimmelt und kriecht, fliegt und rennt, von allem über und unter der Erde, das einen Garten bedroht, gibt es ein einziges Geschöpf, das nicht einmal Monsieur Le R bezwingt, und das ist der Maulwurf.

»Maulwürfe sind am schlimmsten«, sagt er, »und am allerschlimmsten in Finistère.«

»Ich habe keine Ahnung von Maulwürfen«, sage ich und lächele Monsieur Le R an.

Die Beziehung zwischen Monsieur Le R und mir hat das Stadium erreicht, wo es an der Zeit ist, sie zu vertiefen. Das

Verhältnis ist an einer Wegscheide angelangt, wo ich überlege, ob es nicht bald an der Zeit für den nächsten Schritt ist, sich zu duzen. Da ich eine Frau bin – eine Rolle, die ich bei unseren Treffen hervorragend spiele – muss der Vorschlag wohl von mir kommen.

Aber ich halte mich zurück.

Eins führt zum anderen. Hat man erst angefangen sich zu duzen, ist es nicht mehr weit und man muss die Wangen küssen. Das ist nicht nur in Finistère und dem angrenzenden Departement so, dieses komplizierte Muster wird in ganz Frankreich benutzt, wenn man sich trifft und wenn man sich verabschiedet.

Wie genau ich auch beobachte und wie sehr ich mich bemühe, das Prinzip zu verstehen, wird mir doch nicht klar, mit welcher Wange man beginnt. Auch nicht, worauf es ankommt, wie viele Küsse ausgeteilt werden, ob das vom Zufall bestimmt wird oder vom Verwandtschaftsgrad, vom Geschlecht oder vom Alter. Ob ein Abschied auf dem Bahnhof mehr Küsse verlangt als eine alltägliche Begegnung im Supermarkt wie bei Shopi, wo ich eine *Carte de Fidelité* habe.

Wangenküsse werden nach verborgenen Mustern empfangen und ausgeteilt. Es scheint wie bei den mystischen Gezeiten zu sein – ein Außenstehender versteht das Prinzip nicht, und wenn er die Gezeitentabelle auch noch so genau liest.

Es wird zu keinen entspannten Anreden kommen, keiner Vertiefung der Beziehung. Ehe sich mein Zweifeln noch in Tun wandeln kann, ist zwischen Monsieur Le R und mir Schluss.

Ein Nachmittag im Frühsommer des Jahres zweitausend.

Wir sitzen in der perfekten Pergola, die er aus zuvor bestellten Elementen zusammengesetzt hat. Lauter rechte Winkel. Holz imprägniert gegen Ungeziefer. Kletterpflanzen ohne den geringsten Fleck in statischen Kaskaden – Monsieur Le R und ich sitzen zusammen, ein Schirm aus prächtigem Grün schützt uns.

Wie Blütenblätter taumelnde Schmetterlinge, zwitschernde Vögel. Eine leichte Brise verbreitet den Duft von Rosen. Mimosen und Magnolien blühen, Forsythien, Rosen, Hortensien, im Garten von Monsieur Le R ist immer Saison.

Eine Weinkaraffe mit Rosé, zwei Gläser und eine Flasche Perrier stehen auf dem Tisch.

Der Hund schläft im Schatten. Er sieht harmlos aus, aber wäre da nicht Monsieur Le R, hätte er mich bei mehr als einer Gelegenheit angesprungen. Jetzt träumt er sabbernd unter einer Akazie.

Ein paradiesischer Tag in der Pergola.

Mit Papier und Bleistift skizziere ich einen Plan, wie mein Garten werden soll. Die Skizze ist die Freiheit, nichts kommt einer Utopie näher als die Skizze. Von dem, was danach kommt, hat man noch keine Ahnung. In einer Skizze gibt es weder Ungeziefer noch Probleme. Keine Maulwurfshügel, keine Handwerker, keinen Preis für Wasser in Finistère.

Ich gebe mich meiner Erwartung hin, überlasse mich ihr, genieße sie auf eine sozusagen unschwedische Weise. In meinem ehemaligen Vaterland darf man keine Erwartungen in die eigene Zukunft setzen, denn sonst gerät man sich selbst gegenüber ins Minus.

Es gibt Menschen, die so stark an ihren negativen Erwartungen festhalten, dass sie, wenn etwas klappt, ihren Glauben an sich selbst verlieren und sich das Leben nehmen.

In der Pergola Monsieur Le R's zu sitzen und zu skizzieren ist wunderbar, die Stimmung ist entspannt. Reden oder nicht, keine Forderungen. Monsieur Le R gehört zu denen, die ähnlich wie später Madame C verstehen, was ich meine, was ich sage, oder aber er tut so, als verstehe er. Dass er nicht die feine Art von Madame C hat, zu korrigieren, ohne dass man sauer wird, versteht sich von selbst – er ist ja ein Mann.

Ich sehe von meiner Skizze auf, unsere Blicke treffen sich. Wir lächeln uns über den Block zu, er beugt sich vor, um zu sehen, ob er helfen kann. Wo die Päonien am besten hingesetzt werden, womit das Beet zur Dorfstraße hin bepflanzt wird.

Alle die Tulpen, von denen ich immer geträumt habe, wohin ich am besten die Zwiebeln pflanzen soll. Wie tief sie gesteckt werden müssen.

Glyzinie, ja oder nein, Wilder Wein, Clematis.

Die Rosenbögen über den Pforten, Kletterrosen an der Nordwand, Schlingpflanzen, Pergola – bei allem verspricht er zu helfen. Alles, wovon ich geträumt habe, und obendrein ein Wasserhahn an der Außenwand für den Schlauch, um damit alles zu gießen, und ein Brausekopf für den Schlauch.

»Da Wasser in Finistère teuer ist«, sagt Monsieur Le R und deutet auf ein paar graue Plastiktonnen, werde ich von ihm Tonnen bekommen, um darin Regenwasser zu sammeln.

»*Merci merci*. Wie nett von Ihnen, Monsieur Le R, wie freundlich von Ihnen, *merci, merci, merci*.«

Dass mein Regenwasser in hölzernen Tonnen mit rostigem Fassband gesammelt werden soll, in solchen Tonnen, wie sie im Dorf, als ich Kind war, an jeder Hausecke unter dem Fallrohr der Regenrinne standen, davon sage ich natürlich nichts. Zum Teil weil ich weder weiß, was Fallrohr noch was Fassband heißt, und außerdem weil *als ich Kind war* Imperfekt ist. Zum Teil, weil ich Monsieur Le R nicht kränken will.

Um vom Wassersparen weg zu kommen, wechsle ich das Thema. Ich habe Monsieur Le R nie gefragt, wieso er sich entschloss, in sein an Finistère angrenzendes Departement zu ziehen, aber jetzt tue ich es. Oder genauer, ich sage:

»Warum sind Sie an die Grenze zu Finistère gezogen, Monsieur Le R?«

Er weiß, was ich meine. Obwohl er auf der falschen Seite der Grenze wohnt, versteht er, was ich sage, wie Madame C, wie alle in Finistère mich verstehen.

Alle verstehen, was ich sage, außer den Handwerksgesellen, die mich in der Zukunft in einen Zustand ohnmächtigen Wartens versetzen werden. Diese jungen Männer ergreift namenloses Entsetzen, wenn sie hören, wie ich *Stiel* statt *Rohr* sage, *Zwiebel* statt *Glühbirne*.

»Zwiebeln in alle Lampen«, sage ich und nenne den Chef *Herr Homophil*.

Wenn mir das passieren würde, denken die Handwerker, ich würde sterben. Das so etwas in Finistère passieren kann, bedeutet ja, es kann auch ihnen selbst zustoßen, sie sammeln ihr Werkzeug ein und sputen sich, ehe sie womöglich noch selbst *Herr Homophil* zu ihrem Chef sagen.

Aber meistens kommen ja keine Handwerker, und an diesem Tag in der Pergola bei Monsieur Le R weiß ich noch nichts von dem namenlosen Entsetzen, das ich bei den jungen Männern hervorrufen werde.

Hier sind nur Monsieur Le R und ich.

Ohne zu zögern und ohne irgendein namenloses Grauen antwortet Monsieur Le R auf meine Frage, warum er an die Grenze zu Finistère gezogen ist.

»Der Grund war«, erklärt Monsieur Le R, »in meiner alten Heimatstadt gibt es mehr Neger als in ganz Afrika. Araber. Albaner. Afghanen. Türken und Kurden, Restrussen und Restjugoslawen. Die ganze Landkarte ist dorthin umgezogen. Schlafen tagsüber und holen sich Sozialhilfe. Man kann nicht über die Straße gehen, ohne eine Machete in den Rücken zu bekommen.«

»Nicht, dass ich Rassist wäre«, sagt Monsieur Le R, blinzelt in die Sonne, lächelt mich an, und schenkt Rosé nach, »nicht dass ich Rassist wäre, aber wenn sie hierher kommen, sollen sie zumindest die Sprache lernen.«

Da sitze ich in seiner blühenden Pergola und mir verschlägt es die Sprache. Selbst wenn ich die Wörter gewusst hätte, hätten sie mir gefehlt – bei dieser Sorte Gewissheit fehlen mir in jeder Sprache die Worte.

Der Kopf wird stumm und leer, aber der Körper ist bereit, loszuschlagen.

Ich stehe auf der Schwelle zu dem einzigen Ausweg sprachloser Menschen – der Gewalt –, aber da die Tür versperrt ist, komme ich nirgendwohin. All diese eingesperrte Wut, typisch für eine Frau meiner Generation, mit meinem Hintergrund.

Ein Teufelskreis aus Sprachlosigkeit schließt sich um mich, ohne Worte komme ich nicht heraus, ich schnappe nach Luft, Tränen schießen mir in die Augen, das Gesicht wird blaurot.

Monsieur Le R, entflammt von dieser tränenfeuchten weiblichen Empfindsamkeit, will mich auf den Schoß nehmen, aber es gelingt mir, auf die Füße zu kommen, der Hund erwacht schnaufend, und ich renne zu meinem Auto und fahre davon, und Monsieur Le R werde ich nie wieder besuchen.

Im Rückspiegel sehe ich den Hund, er steht auf den Hinterbeinen und heult, während Monsieur Le R die Arme schwenkt, pavianartig und verständnislos.

Dann sitze ich den ganzen Abend in einem Bunker aus dem Zweiten Weltkrieg und blicke über das Meer. Die Flut kommt herein, die Sonne geht blutrot im Atlantik unter.

Ein Schlappschwanz bin ich, ein Verräter, ein Kollaborateur, ein Mitrassist.

Viele Abende habe ich am Schreibtisch in meinem Haus oder in der Pergola verbracht und mit Hilfe eines Wörterbuchs versucht, Monsieur Le R einen Brief zu schreiben. Aber ebenso wenig wie ich das Buch schreiben kann, das ich Madame C versprochen habe, ebenso schlecht steht es um meine Fähigkeit, den Brief an Monsieur Le R zu formulieren.

Man kann ja nicht einfach zu seinem Garten fahren und ihn erschießen. Oder einen Stein werfen.

Nur wer ohne Schuld ist, darf den ersten Stein werfen, die letzte, die diesen ersten Stein werfen darf, bin ich.

## *Der Sultan und die Gurke*

Mitte des fünfzehnten Jahrhunderts wurde das Osmanische Reich von Sultan Mehmet erobert, von Mehmet dem Eroberer. Dem Tulpensultan. Konstantinopel wurde zu Istanbul, die byzantinischen Köpfe rollten, der letzte byzantinische Kaiser nahm sich das Leben.

Die Türken waren in der ganzen Welt für ihre Grausamkeit bekannt, aber dass sie zu den kultiviertesten Völkern der Erde gehören, kam erst jetzt heraus, und eine Tulpe hatte noch niemand gesehen.

Die Europäer, die nach Konstantinopel kamen, waren überrascht, wie sich der Blutdurst der Türken und ihre Grausamkeit mit Toleranz Andersgläubigen gegenüber vereinen ließen, mit Dichtkunst und Gartenkultur. Dieser europäische Schock, dass andere Kulturen Kultur haben können, dass eine so bewundernswerte Blume wie die Tulpe aus der Türkei kommen kann.

Sultan Mehmet, dieser Hasardeurtürke mit seiner Leidenschaft für Blutbäder und Tulpen, erstaunte die bereits erstaunten Europäer gewaltig.

Der Palast des Sultans, Topkapi – Wohnsitz der Glückseligkeit – war mit Edelsteinen, Perlen, Gold und Silber ausgeschmückt, der Harem unübertroffen. Aber das erstaunlichste, das wunderbarste am ganzen Wohnsitz der Glückseligkeit waren die Gärten.

Sultan Mehmet hatte mehr als sechzig Gärten. Versenkte Gärten, erhöhte Gärten, terrassierte Gärten, private Anlagen und öffentliche Parks. Obstgärten. Gemüsegärten. Tulpengärten. In allen Gärten des Sultans perlte reines Wasser – kristallklar, trinkbar und kühl wie der beste Champagner. Umsonst.

Sultan Mehmet liebte es, zuzusehen, wie sich Pflanzen vermehrten, wie Obst und Gemüse reifte, und man konnte erleben, wie er in einem Beet kniete und Pflanzen veredelte, Büsche beschnitt.

Gartenpflege oder Blutbäder; Sultan Mehmet widmete sich beidem mit derselben Leidenschaft; eine verwelkte Blütendolde fiel von seiner Gartenschere ebenso leicht wie der Kopf eines Feindes von seinem Schwert.

Pflanzenpflege mit Humanismus in Verbindung zu bringen, der Gedanke war Sultan Mehmet genau so fremd wie Monsieur Le R.

Im Unterschied zu Monsieur Le R hatte Sultan Mehmet unzählige Gärtner in seinem Dienst. Die Gärtner des Sultans waren die besten des Landes, sie waren sorgfältig ausgewählt und hatten besondere Talente.

Wie meine Mademoiselle J.

Da ich unmöglich alles schaffen kann, was mit dem Garten zu tun hat, kommt alle vierzehn Tage Mademoiselle J und mäht den Rasen und kümmert sich um anderes, wozu ich nicht komme. Madame C stellte den Kontakt zu Mademoiselle J her, sie sind in irgendeiner Weise miteinander verwandt, die ich aber nicht durchschaut habe. Hier ist es wohl wie in dem Dorf, in dem ich geboren wurde, dort leben kaum mehr als zwei Familien, und alle gehören entweder zur einen oder zur anderen. Wie entfernt die Verwandtschaft auch sein mag – zu welcher Familie man gehört, entscheidet über die eigene Identität.

Wenn ich Madame C nach dem Grad ihrer Verwandtschaft mit Mademoiselle J frage, antwortet sie, Familienforschung sei nicht ihr *cous-cous*.

Madame C sagt öfter, »das ist nicht mein *cous-cous*«, wenn sie etwas nicht interessiert. Ob der Ausdruck allgemein gebräuchlich ist oder ob sie ihn von ihren Söhnen hat, weiß ich nicht. Madame C mit ihren drei Söhnen, die ich nie gesehen habe. Benjamin, der jüngste, ist Musiker – laut Madame C *rappeur*, und hat ein höchst eigenes Vokabular.

Mademoiselle J stammt von einem anderen Hafen, einige Kilometer die Küste hinauf. Sie hat ihr Leben lang in Finistère gewohnt, dreiundzwanzig Jahre, und sich nie an einen anderen Ort gesehnt.

»Ich auch nicht«, sage ich, »seit Finistère sehne ich mich nirgendwo anders hin.«

»Aber die Familie«, sagt Mademoiselle J in beunruhigtem und entrüstetem Ton, »was ist mit Ihrer Familie?« Ich will antworten, dass die Familie mich besuchen wird, sobald das Gästezimmer fertig ist, aber das Futur ist nicht mein *cous-cous*.

Mademoiselle J ist zuverlässig und erfahren, sie liest einen Garten ebenso geübt wie ich ein Buch. Wenn etwas nicht stimmt, weiß sie, was zu tun ist – meistens nichts. Das macht die Natur selbst.

»Man muss der Natur vertrauen«, sagt Mademoiselle J. »Nicht eingreifen, ehe es unbedingt nötig ist.«

Diesen orthodoxen Glauben an die Erde teilt Mademoiselle J mit meinem biodynamischen Vater, und das sage ich ihr.

Bei dem Wort *Vater* leuchtet Mademoiselle J auf. Dass ich einen Vater habe, dass ich eine Familie habe, Verwandtschaft, lässt mich mehr Mensch und weniger Fremde sein.

Als ich irgendwann damit herausrücke, dass mein Vater ausgebildeter Bauer war, er war ja Agronom, schickt sie keine Rechnungen mehr. Die wenigen Francs, die sie nimmt, um alle vierzehn Tage meinen zerzausten Rasen in eine smaragdgrüne *pelouse* zu verwandeln, muss ich heimlich via Madame C auf Mademoiselle J's Konto bei der Landwirtschaftsbank überweisen.

Mademoiselle J gehört zu jenen guten Gartenmenschen, von denen ich annahm, dass alle Gartenmenschen so seien, bis ich auf Monsieur Le R stieß.

Hätte sich Mademoiselle J bei Sultan Mehmet um eine Stelle als Gärtnerin beworben, würde sie die sofort bekommen haben. Hätte sie die angenommen, wäre sie womöglich wegen einer Gurke des Todes gewesen. Noch ein Beweis dafür, wie zufällig Menschen geboren werden, wie wir selbst weder die Zeit noch den Ort für unser Leben bestimmen können.

Seit dem Tag in der Pergola bei Monsieur Le R sammele ich Beweise dafür.

Außer Tulpen und allen anderen Blumen und Pflanzen in den Palastgärten hatte Sultan Mehmet Gurken anpflanzen lassen. Saftige grüne Gurken in gut gewässerten Gurkengärtchen mit für Gurken geeigneter Erde. Kühle Gurken für heiße Tage in Konstantinopel. Ob er im Gurkenland eigenhändig pflanzte und jätete oder ob er die Gurkenzucht den vielen Gärtnern überließ, davon erzählt die Geschichte nichts, aber davon, wie es den Gärtnern erging.

Eines Tages fehlte eine Gurke. Der Sultan lässt die Gärtner rufen. Sie werden in Gruppen und einzeln verhört. Keiner weiß etwas von der verschwundenen Gurke, keiner hat sie genommen, alle sind unschuldig, alle leugnen das Verbrechen. Der Sultan gibt nicht auf. Die Gurke ist weg, es gibt sie nicht mehr, es gab sie, aber nun ist sie weg, einer muss es gewesen sein – wer?

Alle schwören sie beim Barte des Propheten, beim Leben ihrer Mutter und ihrer Kinder.

Der Sultan scheut keine Mittel, er foltert die armen Gärtner, kastriert sie, verstümmelt sie, flicht sie aufs Rad, kreuzigt sie und versengt sie mit glühenden Zangen. Nichts. Die Gärtner beteuern ihre Unschuld.

Am Schluss greift der erboste Sultan hart durch. Er muss wissen, wo die Gurke geblieben ist. Weiß sich keinen anderen Rat, als den obstinaten Gärtnern die Bäuche aufzuschlitzen und bei jedem die Därme herauszuholen.

Ob Sultan Mehmet die Gurke gefunden hat, davon erzählt die Geschichte nicht. Davon handelt sie auch nicht.

Wovon die Geschichte handelt, beruht darauf, wer sie erzählt und wem. Was betont wird und wie der Schlusssatz vorgebracht wird. Eine Geschichte an sich besagt nichts, es gibt keine Geschichten an sich. Erst wenn die Geschichte erzählt wird, gibt es sie, erst dann wird der Schluss gezogen.

Das ist das Problematische an einer Erzählung – sie lässt sich benutzen, um alles und nichts zu beweisen.

Dass der Sultan ein Narr war, dass es zu der damaligen Zeit so zuging, dass es früher anders war. Dass es heute besser ist, wenn die Sultane Scud Missiles losschicken statt selbst persönlich demjenigen den Bauch aufzuschlitzen, der die Gurke genommen hat oder auf der Ölquelle sitzt.

Dichten heißt verkleinern, entstellen, verdrehen und einseitig darstellen, immer schreibt der Sieger die Geschichte.

Es gibt keine Worte für die Menschen, sie sind zu schrecklich. Dennoch dichten sie weiter, wie immer schon.

> Mehr Wein, Vasall, schenkt ein mehr Wein.
> Die Geschichte vom Tulpengarten ist zu Ende;
> Der Herbst naht und Frühling
> Wird nicht mehr sein in tausend Jahren.

So schrieb Sultan Mehmet, und daraus lassen sich keine Schlüsse ziehen.

## *Tulipa sprengeri*

An einem regnerischen Nachmittag im Oktober des Jahres zweitausend pflanze ich die ersten Tulpenzwiebeln meines Lebens.

Diese Tulpen, die ich so sehr mag und vor denen ich so viel Respekt und solche Ehrfurcht habe. Keine Blume hat im Laufe der Zeit für ihre Schönheit so viel ertragen müssen wie die Tulpe. Geld und Blut haben ihre aufrechte Schönheit besudelt.

Mit Tulpen auf einem gigantischen Tulpenbeet verglich man das blutige Schlachtfeld mit den abertausenden abgeschlagenen Köpfen und ihren vielfarbigen Turbanen nach der entsetzlichen Schlacht zwischen den Türken und den Serben auf dem Kosovo im Jahre dreizehnhundertneunundachtzig.

Dann kamen der Tulpensultan und sein Terrorregime.

In den Niederlanden des siebzehnten Jahrhunderts waren die Tulpen der Tulipomanie ausgesetzt, einer Spekulationshysterie, vergleichbar der mit den IT-Aktien vor einigen Jahren, und mit dem selben Crash.

Ich habe ein Buch über die Tulipomanie geschrieben.

»Ich müsste ein neues schreiben«, denke ich, als ich in meinem Regenzeug vor dem Beet knie und Tulpenzwiebeln in die Erde stecke.

Ein der Tulpe würdiges Tulpenbuch, nicht wie mein eitler Versuch von damals.

Wenn Marguerite Duras mit einem Buch nicht zufrieden war, schrieb sie es um. Erzählte dieselbe Geschichte, aber in einem anderen Ton, aus einem anderen Blickwinkel. Die Geschichte in *Der Liebhaber*, das Buch, für das sie einen Preis bekam und das sie weltberühmt machte, schrieb sie von Anfang bis Ende um.

*Der Liebhaber* war zu oberflächlich, fand Marguerite Duras.

Ich bin nicht Marguerite Duras, aber ihr Beispiel inspiriert mich. Allein die Tatsache, dass ich schon an einem Buch arbeite, das ich nicht schreibe, hindert mich daran, auf der Stelle ein neues Tulpenbuchprojekt zu planen. Alle diese ungeschriebenen Bücher, diese Stücke über Albert Speer, über Nefertiti, über Ida Hammershøi, alle diese begonnenen und nie abgeschlossenen Romane, all das Ungeschriebene, das mein Leben gewesen ist.

Aber jetzt nicht mehr. Jetzt setze ich Tulpenzwiebeln.

Es gibt besondere Gerätschaften zum Pflanzen von Blumenzwiebeln, aber ich pflanze gern mit den Händen. Diese harten Geräte, wer weiß, was sie einer empfindlichen Zwiebel antun können.

Sorgfältig pflanze ich dreißig Tulpenzwiebeln in das Beet an der Dorfstraße. Genau so tief, wie ich es einmal von Monsieur Le R lernte, doppelt so tief wie die Größe der Zwiebel.

Ich vermisse sein süßes kleines Affengesicht, alle die glücklichen Stunden, die wir miteinander hätten verbringen können, wenn ich an jenem Tag in der Pergola die richtigen Worte gefunden hätte, um ihn von seinem Rassismus zu bekehren.

Meine dreißig teuren *Tulipa sprengeri*-Zwiebeln kaufte ich auf dem Amsterdamer Flughafen, dort muss man Tulpen kaufen. Wegen der Blumenzwiebeln flog ich mit Zwischenlandung in Amsterdam statt Brüssel, wo ich einmal ganz hinten in einem Flugzeug voller EU-Abgeordneter und betrunkener Schauspieler aus Stockholm landete. Nie mehr Brüssel.

Auf dem Amsterdamer Flughafen kaufe ich Blumenzwiebeln für tausende Kronen, die ich nicht habe. Ich bezahle sie mit Karte, American Express. Werde Geld aufs Konto bekommen, sobald das Honorar für den Auftrag eingeht, den ich in meinem ehemaligen Vaterland ausgeführt habe, dieses Blutgeld.

Als aus dem Fernsehen bekannte Autorin werde ich manchmal gebeten, bei Konferenzen zu sprechen.

Manchmal mache ich das. Nicht nur des Geldes wegen. Aber wären die Auftritte nicht so gut bezahlt, würde ich nein sagen.

Auf einem Podium zu stehen, vor tausenden unbekannten Augen und Ohren, diejenige zu sein, die alle anschauen, nicht ohnmächtig werden oder sterben, sich daran erinnern, was man sagen wollte, und es sagen, im Programm nach zwei Kabarettisten zu kommen und vor einer Optimismus-Beraterin, es gibt zwar Schlimmeres, um sich seinen Lebensunterhalt zu verdienen, aber nicht für mich.

Das ganze Honorar ist in zwanzig Minuten weg.

Außer den dreißig *Tulipa sprengeri* kaufe ich Hyazinthenzwiebeln, Zwiebeln von lilienblütigen Tulpen, von Papageientulpen, Perlhyazinthen, blauen und weißen, Krokuszwiebeln – ein schwarzer Krokus mit gelber Innenseite, die seltenen und selten teuren *Crocus korolkowii*. Narzissen – sechzig weiße Duftnarzissen, *Narcissus poeticus*. Die Blumenzwiebeln gelangen nach allen Regeln der Kunst und des Monsieur Le R glücklich in die Erde.

Der Winter kommt, dieser Regenwinter. Von Oktober bis Februar stehen die Beete unter Wasser, nichts, was keine Kiemen hat, kann diesen nassen Winter überleben.

Ich trauere um meine *Tulipa sprengeri*.

Blicke in die schwarzen Teiche, ich hätte Fisch anpflanzen sollen.

## *Die rote Rose der Sozialdemokratie*

DEN ENTSCHLUSS, mein ehemaliges Vaterland zu verlassen, fasste ich dank der Rentenversicherungsanstalt – danke, Rentenversicherungsanstalt.

Nachdem ich mein Leben lang das Gemeinsame gegen die immer stärker werdenden Marktfundamentalisten verteidigt hatte, machte ich eine Erfahrung wie direkt aus dem Parteiprogramm der extremen Rechten.

Ich hatte eine leichte Behinderung bekommen und war auf fremde Hilfe angewiesen – werdet das nie. Dass die Versicherungskasse in Schweden auch Erniedrigungskasse genannt wird, ist ein böser Scherz, aber in der Praxis läuft es leider genau so.

So ist es.

Meine Kontakte mit der Versicherungskasse endeten mit einer Formulierung, die das gesamte Paradox der späten Sozialdemokratie in sich trägt: »Wenn du nicht krank geworden wärst, hättest du diese Dinge bestimmt trotzdem gekauft.«

Madame C versteht nicht, warum in Schweden nicht permanenter Generalstreik herrscht oder Volksaufstand. Sie versteht nichts von meinem ehemaligen Vaterland, das ich immer dann, wenn sie es in Frage stellt, natürlich auch noch damit verteidige, dass es ja doch überall gleich sei.

In Los Angeles ist der Strom seit langem rationiert. In den USA, dem führenden Land der Welt, verfault das Essen in den Kühlschränken und die Coca-Cola ist lauwarm.

Bald sind wir wieder soweit und reiben zwei Stöckchen aneinander.

Neunzehnhundertsiebenundneunzig trafen sich Jacques Chirac und Tony Blair, um über den Arbeitsmarkt und den Wohlfahrtsstaat im neuen Europa zu beraten.

Beim Abschluss des Treffens sagte Chirac:

»Ich hatte geglaubt, dass Sie, Mister Blair, Sir, die britische Linke vertraten und ich die französische Rechte, aber das scheint nicht so zu sein.«

In meinem früheren Vaterland ist man fixer als irgendwo sonst, die Begriffe auf den Kopf zu stellen.

Die Uhr rast rückwärts, wir sind schon vor der Zeit der Armenfürsorge.

Man entfernt das Armenhaus, aber die Bedürftigen bleiben. Welcher Gesellschaftsschicht einer angehört, wird sichtbar, wenn er den Mund aufmacht. Die Zähne erzählen davon, dass er zur Unterschicht gehört. Eine Unterschicht, die es den Regierenden zufolge nicht gibt, denn zu ihrem Konzept gehört, dass die Unterschicht entfernt wird, und wenn es sein muss, mit Gewalt.

Für Schlägereien gibt es seit jeher eine Regel – wer am Boden liegt, wird nicht geschlagen.

Vergiss es.

Jetzt bekommen die am Boden liegenden Schläge.

Straßengewalt wird nicht auf offener Straße ausgeübt, sie kommt nun von oben. Dass eine Person ohne Privilegien, eine Gruppe, unter Druck durchdreht, ist eine altbekannte Tatsache. Dass jemand schockiert ist, wenn Menschen ohne Zukunftsaussichten aus der Spur geraten, ist schockierend.

Die Heuchelei der Regierenden, das ist Gewalt, eine Gewalt, die besonders denen in die Augen sticht, die auf Rabattcoupons angewiesen sind und die den Kindern nur dann Eis kaufen können, wenn es das im Sonderangebot gibt. Diese Hetze, der Kinder und Alte ausgesetzt sind, das ist Gewalt.

Zu sagen, dass die Alten, die gerade gelernt haben, mit dem Tastentelefon umzugehen, die unbedeutenden Transaktionen ihrer kleinen Renten von nun an im Internet machen müssen, das ist inakzeptable Gewalt gegenüber alten Menschen.

Gewalt durch freie Wahl, die so genannte Wahlfreiheit – dieser Stress durch den Zwang zur Wahl zwischen zu vielen ungleichen Sachen, zu schnell und zur selben Zeit, der bringt die Menschen um.

Versuch zu telefonieren, die Leitung ist tot, denn du hast keinen Anbieter ausgewählt.

Der Zug kommt nicht, weil der Anbieter Konkurs gemacht hat. Alle diese Anbieter, diese von der Macht durch Ausschreibung gedungenen Stückmörder, am Körper der Gesellschaft schnippelnd – Gewalt, Gewalt, Gewalt.

Ungerechtigkeit als Gewalt, das bedeutet, dass Steuererleichterungen und Privilegien diese Tüchtigen bekommen, die mit Ellenbogen, mit Pfiffigkeit und Unternehmergeist. Das bedeutet, dass die Kriecher, Grinser, Speichellecker, Wendehälse, die mit dem Bösen mauscheln, sich aber den Rücken freihalten, die sich vor der Rechnung drücken – die Illoyalen werden belohnt, während die Loyalen an die Luft gesetzt werden.

Wer aufsteht und laut überlegt, wird altmodisch und reaktionär genannt und schonungslos klein gemacht.

Die Zögernden, die Zweifelnden, die Langsamen, Ungeschickten, die Kranken, die Alten, die Gewissenhaften, die weitab vom Schuss wohnen, die sich nicht ausdrücken können, die sich getroffen fühlen, die Lächerlichen, die Überflüssigen, die Unhöflichen, die Empfindsamen, die Unbeholfenen, die Schüchternen, die Spröden, die Gestörten, die Sterbenden, die Müden, die Gekränkten, die Unbesoldeten, die Bedürftigen, die Trauernden, sie werden überfahren, dass das Blut nur so spritzt.

Im Alltag geschieht so viel Gewalt, dass selbst das Wort eine neue Bedeutung bekommen hat – die rohe Gewalt der

Kürzungen, die Gewalt der Ausverkäufe, die Gewalt der Privatisierungen. Eine Gewalt jenseits allen Anstands und jeglicher Ironie.

Nach der Konferenz der Großmächte in Göteborg bekamen die Polizisten von den Regierenden rote Rosen. Ein Neunzehnjähriger demonstriert gegen den globalen Mangel an Demokratie und wird in der zweitwichtigsten Stadt meines ehemaligen Vaterlandes auf offener Straße angeschossen, und der Schütze bekommt zur Belohnung die rote Rose, das Symbol der Sozialdemokratie.

Ich ermahne meinen Großvater, tot zu bleiben.

Was mir bei der Rentenversicherungsanstalt passierte, hätte überall passieren können. Auf einem S-Bahnsteig, bei einer Messe draußen auf dem Lande, irgendwo unterwegs in der Stadt. Stockholm ist eine der teuersten Städte der Welt, da heißt es gewinnen oder verschwinden.

Ich tat sowohl als auch.

Zog Nutzen aus dem System, das ich kritisiere, bereicherte mich auf Kosten dessen, woran ich glaube. Kaufte und verkaufte meine Wohnung und erwarb für den Gewinn ein Haus im Ausland.

So funktioniert es, und das ist eine Schande. Abzuhauen ist feige und unfreundlich den Zurückbleibenden gegenüber, ich verließ die mit mir Leidenden, ich haute ab.

Aber nicht ohne warnende Worte von einem Rednerpult, eine Aufwiegelungsrede, der applaudiert wurde, die aber keine Spuren hinterlassen zu haben scheint. Das war auf einer dieser Konferenzen zum Optimismus in der Arbeitswelt.

Zur Unterhaltung waren bei der Konferenz drei Kabarettisten, eine Optimismusberaterin, ein Polizist und ich erschienen.

Das Publikum spendete meinem Vortrag, einer Brandrede gegen die Macht, lebhaften Beifall. Alle eintausendfünfhundert Zuhörer gaben mir Recht, halleluja. Der Beifall war unisono, die Stimmung Spitze, man kannte mich vom Fernsehen. Hätte aus »Das Kapital« oder »Mein Kampf« vorlesen können und alle hätte geklatscht.

»Unternehmt was«, sagte ich. »Redet offen. Ballt nicht die Faust in der Tasche. Beißt nicht die Zähne zusammen, davon wird man zahnlos.

Stellt Forderungen an die Regierenden, lasst sie nicht davonkommen.

Verlangt Rechenschaft darüber, wohin die Steuergelder gehen, nachdem die Infrastruktur hin ist. Verweigert die Steuerzahlung, bis klar ist, wo jede einzelne Krone an Steuern landet, deponiert die Steuern – legt Fonds mit ihnen an, damit es die Ökonomen begreifen.

Denn wer muss das mal alles tragen?«, sagte ich, es war eine Frauenkonferenz.

»Wer wird die Windeln der alten Mütter wechseln und die Verwundungen der Söhne verbinden? Wer wird wieder zurück an den Herd rennen und Kinder in einer Küche bekommen, weil die Kinderbeihilfe gestrichen wurde? Wer?«

Alle fühlten sich getroffen, und ich fuhr fort: »Tut etwas, verweigert eure Stimme, nehmt das Land von den Taliban des Freien Marktes zurück.

Ihr seid kein Vieh, keine Kühe, auf dem Weg zum Scheiterhaufen, nehmt euer Leben wieder selbst in die Hand, Menschen, übernehmt dafür die Macht.

Macht es wie ich, aber macht es auf eure Weise. Brecht nicht zusammen, brecht auf! Jammert nicht, tut etwas, macht euch auf die Suche!

Es gibt für jeden etwas, alle haben etwas. Ein Stück Land oder eine Landschaft, eine Kate, die leer steht, seit Onkel Eddie nach Minnesota ausgewandert ist. Einen Kartoffelacker und einen Computer, etwas Brennholz. Schattenmorellen und Blaubeeren. Elche, Rehwild und wilde Gänse. Diesige Morgenfrühe im August, blaue Dämmerungen im Frühling.

Etwas Romantisches oder Raues. Der Mond über einer Flussniederung.«

Wie der Pastor einer Freikirche stand ich da und agitierte, wie Che Guevara, wie Jokkmokks-Jokke.

Für diese Art Aufwiegeln gibt es keine neue Sprache, und falls es sie gibt, ist sie nur eine weitere von all denen, die ich nicht kann. Falls es sie doch gibt, soll derjenige, der weiß, wo sie sprießt, zusehen, dass sie den Stimmbruch überwindet und das Rednerpult umstürzt.

»Weg mit mir und meiner Generation«, sagte ich. »Stürzt uns.«

Ich erhielt meinen Riesenapplaus und als Dank für den so »irre spannenden, frechen und amüsanten Beitrag« wurde mir ein großer Strauß roter Rosen überreicht. Diese roten Rosen der Sozialdemokratie, die jetzt getrocknet an einem Deckenbalken meines Hauses in Finistère hängen.

## *Auslandsschwedischer Rechthaber*

Auslandsschwede ist ein Schimpfwort, eine Schmähung jedes einzelnen aus Schweden ausgewanderten Menschen. Auslandsschweden klagen über die hohen Steuern, nennen Schweden *landet lagom*, »das Land des Mittelmaßes«, sie spielen Golf in lächerlicher Kleidung in den sonnigen Ländern, wo sie ihr parasitäres Rentnerleben verbringen.

Ein Rechthaber zu sein, ist noch eine Spur schlimmer. Rechthaber sind verwirrte Paranoiker, die jede persönliche Erfahrung als Beweis ansehen für eine gegen den Betreffenden gerichtete Böswilligkeit und Bevormundung durch die Gesellschaft, sie sammeln Ungerechtigkeiten und Kränkungen von Privatpersonen und Behörden wie die Rentenversicherungsanstalt.

Ein auslandsschwedischer Rechthaber ist der absolute Bodensatz, *le pire*.

Für Ausländer ist es unmöglich, in Finistère einen Vertrag für ein Handy zu bekommen. Man muss tausendfach nachweisen, wer man ist, es ist ganz unmöglich. So viele Beweise, dass es einen Menschen gibt, gibt es gar nicht. Verglichen damit, ist ein Haus zu kaufen geradezu eine Bagatelle.

Bei drei aufeinander folgenden Gelegenheiten bringe ich einer unangenehmen jungen Dame mit einem Plastiksticker am Revers, auf dem steht: *Bei uns hat der Kunde immer Recht,* immer neue Dokumente. Ohne Erfolg.

Ich erkläre, dass ich unmöglich vor einer Rechnung für den Handyanschluss weglaufen kann, Interpol findet mich, wohin ich auch fliehe. Ich zeige ihr mein schwedisches Handy und die Papiere für das Europolit-Abonnement.

Es hilft alles nichts. Außer den Kopien der Stromrechnung, der Wasserrechnung, der Telefonrechnung, den Kopien aller Seiten des Reisepasses, muss man seine *Carte de Séjour* vorweisen.

Eine Bescheinigung des Gemeindebüros mit Unterschrift und Stempel des zuständigen Beamten, die beweist, dass mein Antrag auf eine *Carte de Séjour* behandelt wird, reicht nicht. Das liebe Gemeindebüro, dem ich so viel zu verdanken habe und wo ich stets korrekt behandelt wurde. Wo ich Hilfe bekommen habe beim Ausfüllen der Formulare, die für die Genehmigung verlangt werden, die Garagenwand umzubauen oder ein Dachfenster zu öffnen – *permis de construire*. Nicht *permis de conduire*, Führerschein, wie ich es in meinem Antrag leider geschrieben habe. Aber da niemand in Finistère glaubt, dass jemand einen Antrag für einen Führerschein stellt, um ein Dachfenster zu bekommen, ist das gut gegangen.

Als ich den Preis für Wasser in Finistère erfahren will, wird keine Mühe gescheut, um den exakten Preis per Kubikmeter in der Gemeinde zu ermitteln.

Ich habe Hilfe bekommen bei der Krankenkasse, beim Ummelden des Autos – *immatriculation de véhicule*. Dass ich um Formulare für die unbefleckte Empfängnis bitte, *Immaculée-Conception*, ändert daran nichts, ich bekomme die Formulare zum Ummelden des Autos. Das Gemeindebüro ist mir ein zweites Zuhause geworden, aber mit meinem Handyproblem stehe ich nun doch in der Kälte.

Die unangenehme junge Frau folgt lediglich Weisungen, sagt sie, und ist in ihrem grauen Kostüm herausgeputzt wie in den Vierzigerjahren eine dieser freiwilligen Helferinnen.

»Ich folge lediglich Weisungen«, wiederholt sie.

Festgefahrene Positionen, zunehmende Aggressivität. Von beiden Seiten, aber ich bin die Kundin. Ich habe immer Recht, und sie hat die Aufgabe, mir Recht zu geben.

Daran denkt sie überhaupt nicht. Sie sieht mich nicht an,

lächelt nicht, sie ist die Ausnahme, die in Finistère die Regel bestätigt – sie leugnet meine Anwesenheit. Aber kaum mehr als ich ihre verleugne – ich habe ein Leben lang in Stockholm gelebt und bin in dieser Art Guerillataktik trainiert.

Ich verlasse das Technikkaufhaus, dankbar, dass kein Krieg herrscht.

Die Post dagegen, *La Poste*.

Bei einem Besuch meines ehemaligen Heimatlandes schicke ich mir selbst ein Paket mit benutzten Sachen und ein paar neuen Töpfchen der Gesichtscreme, teure Creme mit revolutionierendem Effekt für die Haut. Als ich das Paket bei meiner Post in Finistère abhole, ist es geöffnet. Nichts fehlt, außer der teuren Hautcreme. Anzeige wird erstattet. Worauf ich nach und nach eine Anzahl hochachtungsvoller Briefe erhalte, in denen beteuert wird, dass alles Menschenmögliche getan werde, um zu ermitteln, was mit meiner Gesichtspflege passiert ist. Man versichert mich der vorzüglichsten Ehrerbietung, Hochachtung und Respekt. Im letzten Brief hofft man zerknirscht, ich möge entschuldigen, dass die Creme nicht aufbewahrt wurde, Erstattung wird umgehend versprochen, auch wenn Geld selbstverständlich nicht den Verlust decken kann, man wirft sich vor meine Füße und bittet um Vergebung.

Es bleibt nur, zur Post zu gehen und das Bargeld abzuholen.

Weil ich von Natur aus so bin, ist es mehrfach vorgekommen, dass ich wütend wurde und die vermeintlichen Verursacher meine Wut habe ausbaden lasse.

In der Sparkasse, wo ich mein Erspartes eingezahlt habe, holt man vorgedruckte Streifen, die beim Bezahlen von Rechnungen benutzt werden.

Wenn ich etwas getan habe, seit ich nach Finistère gekommen bin, dann vor allem mithilfe dieser Streifen Rechnungen bezahlen. Etwas, das mein Glück, hier zu sein, nicht vermehrt, aber auch nicht verringert hat.

Immer wieder und immer entrüsteter habe ich an der Kasse gestanden und verlangt, RIPP zu bekommen. Die Geduld verloren, einem neuen, noch blasseren Kassierer, der versucht, gegen meine rechtmäßige Forderung irgendeinen Einwand vorzubringen, *absurde, stupide* zugerufen.

»Ich bin RIPP, *s'il vous plaît*, ich RIPP.«

Die Schlange hinter mir ist länger geworden, ich habe auf dem Absurden und Stupiden beharrt, warum mir der Kassierer nicht meine RIPP gibt. Der Kassierer hat eine Perlenschnur aus Schweißtropfen auf der Stirn, sie drängen sich vor seinem fliehenden Haaransatz wie eine Dornenkrone:

»Madame Mastöng, sind Sie sicher, dass es nicht RIB ist?«

»Ich bin RIPP, RIPP, RIPP.« Dass ich nicht zu denen gehöre, die aufgeben, daran kann in der Schlange hinter mir kein Zweifel aufkommen.

Zu guter Letzt stellt mir der arme Bankmensch ein RIB aus. Ich erkenne den Streifen wieder, gehe und wechsle die Bank.

Auslandsschweden klagen ständig, man habe in Schweden immer Scherereien. Ich finde nicht, dass es dort Scherereien gibt, sondern nur eine glatte weiße Wand. Alle schwedischen Bürokraten haben Kurse besucht, wo sie gelernt haben, nicht zu reagieren. Zu sagen *ich höre, was du sagst,* ohne dass sich damit irgendein Unterschied ergäbe.

In Finistère ist das nicht so. Man bekommt Antworten. Ist man wütend, fällt die Antwort wütend aus, ist man unruhig oder besorgt, begegnet einem Unruhe oder Besorgnis.

Als ich von der Krankenkasse für Autoren, bei der ich einen Antrag auf Mitgliedschaft stellen muss, einen riesigen Stoß Papiere bekomme, weil meine vorläufigen Krankenversicherungsformulare für die Europäische Gemeinschaft zu Ende sind, verstehe ich von den Paragraphen kein Wort. Ich nehme den Stoß mit zur Rentenkasse in Finistère und überreiche sie höchst unruhig und voller böser Ahnungen einer Dame, die augenblicklich genauso unruhig wird wie ich und ebenso Böses ahnend. Sie blättert die Formulare durch und sagt, das hier, das ist ja unmöglich, Madame. *C'est impossible.* Aber nach kurzem Nachdenken erhellt sich ihr Gesicht und also auch meins.

Es gibt eine Hintertür. Sie beugt sich vor und erklärt, laut Gesetz kann ich als in Finistère Wohnende vier Jahre lang Krankenversicherung bekommen, wenn ich eine Lohnarbeit annehme und sechzig Stunden arbeite.

Wir sind nicht mehr beunruhigt, das wird sich regeln.

Es regelt sich nicht. In Finistère ist es als fünfundfünfzigjährige Frau genau so schwer eine Arbeit zu finden, wie in meinem ehemaligen Vaterland, das Kamel kommt nirgendwo durch dieses Nadelöhr. Ich finde lediglich eine Hähnchenfabrik, die Personal sucht, um Geflügel auszunehmen, aber als ich hinkomme, sind dort sechshundertfünfzig Frauen meines Alters vor mir.

Mit Schrecken betrachte ich den Stapel von der Versicherungskasse der Schriftsteller. *Impossible.* Da ich die Dame bei der Versicherungskasse nicht beunruhigen will, muss ich meine eigene Unruhe dämpfen. Trost suchen, wenn auch vorübergehenden. Mache einen Trostkauf, erwerbe meine *Ingrid Bergman*, die moderne Hybridrose, um dreißig Prozent herabgesetzt. Mit *Ingrid Bergman* in einer Tüte fahre ich nach Hause und grabe ein für die nackten Wurzeln der Rose angemessen großes Loch.

Die Unruhe des Tages vergeht.

Die Ingrid Bergman, deren Name die Rose trägt, war weltberühmt und reich, trotzdem kam der Tod und holte sie vor der Zeit, so wie er Jacqueline Kennedy und Linda McCartney holte, die wohlhabendste Veganerin der Welt. Es gibt keinen Schutz. Der Tod kommt, wann er will, niemand kennt seine Stunde.

Gänzlich unversichert, aber getröstet gieße ich *Ingrid Bergman* großzügig. Eine Rose mit meinem Namen habe ich nicht zu erwarten, wenn ich sterbe, *tant pis*, ich werde lieber eine Kartoffel, eine Handvoll Erde.

# *Le Monde*

Meine Tageszeitung hat mehr Leser als *Le Monde*.

Als eines Tages Statistiken über die Tageszeitungen des Landes veröffentlicht werden, zeigt sich, dass meine Lokalzeitung größer ist als die größten Pariser Zeitungen zusammen genommen, sie ist größer als die *Prawda*, als die *Times*.

Meine Tageszeitung hat 790 043 Abonnenten, einer davon bin ich.

Ich könnte nicht ohne Morgenzeitung leben.

Sagt man so dahin.

Einzig ohne Wasser und Hoffnung kann der Mensch nicht leben.

Die Morgenzeitung gibt mir eine Grundlage, um mich mit den Gegebenheiten vertraut zu machen, und hilft mir, meinen Standpunkt zu orten.

Die Taliban in Kabul, der Gerichtshof in Den Haag, die Dörfer im Kosovo, die Schüsse in Göteborg und Genua; das, was in der Welt passiert, passiert mir.

Als ich ein Kind war, las man *Länstidningen* oder *Länsposten*. Das eigene Weltbild bestimmte, für welche Zeitung man sich entschied. *Länstidningen* war für die Sozis, *Länsposten* für die Bauernverbände und die Rechte.

Alle wussten, auf welcher Seite sie standen und was das für Leute waren auf der anderen Seite. Das war eindeutig und klar festgelegt. Dass es zwei Seiten gab, das wusste schon das kleinste Kind und jeder Hund.

Seit ich lesen kann, lese ich jeden Tag Zeitung. Von Koreakrieg, Eisenhower und J. Edgar Hoover bis hin zu den Lokalnachrichten. Das, was mich an der Zeitung am meisten erstaunte, waren eine Sorte Anzeigen, die am Ende standen – nach den Geburten, aber vor den Toten, dort stand: *Jegliche Aufmerksamkeiten zu meinem Gedenktag verbeten.*

Oder: *Jegliche Aufmerksamkeiten anlässlich meines bevorstehenden Gedenktages werden freundlich, aber bestimmt verbeten. Verreist.*

Sich freundlich, aber bestimmt zu weigern, Geburtstag zu feiern, wer mochte so etwas tun?

Aufmerksamkeiten zu dem bevorstehenden Gedenktag abzulehnen, das war das letzte, was ich tun würde. Denn wenn es etwas zu feiern gab, dann doch, dass noch ein Jahr der Kindheit zu Ende war, und Geburtstage waren der Beweis dafür, dass die Zeit vorwärts schreitet, nicht rückwärts.

Wer auch immer eine solche Anzeige aufgab – ich würde das nie tun.

Wer hinter solchen Anzeigen steckte, das war immer ein alter Hagestolz, ein alter Junggeselle. Ein *gammelstrek*, ein einsamer alter Mann hinter den Gardinen auf seinem alten Hof, der einmal alle zehn Jahre eine derartige *anlässlich meines bevorstehenden fünfzigsten oder sechzigsten Geburtstags*-Anzeige aufgab.

Beim siebzigsten Geburtstag musste man keine solche Anzeige aufgeben, das wäre rausgeworfenes Geld gewesen. Es würde sowieso nie einer kommen.

Hätten die Dorfbewohner den alten Junggesellen nicht mit der Schubkarre gesehen und wie er mit der Mistgabel den Mist ablud, hätten sie geglaubt, er sei schon tot. Aber wie es aussah, kochte er sich noch den bitteren Kaffee, zog die Uhr auf, las auf dem Plumpsklo Zeitschriften. Fegte im Winter mit Fichtenzweigen den Schnee von den Schuhen, schlug im Sommer die Mücken tot.

Holte im Herbst die Kartoffeln aus der Erde.

Jahrein, jahraus, bis er sich eines Tages aufhängte. Oder mit dem Elchstutzen in den Wald ging. Oder ins Moor marschierte.

Hatte ja niemanden als sich. War doch nie einer da, der sagte, die Kartoffeln schmecken gut.

Kränze unerwünscht. Damit keine Kränze unnötig verschwendet werden, nichts mit Rosen oder so. Kornblumen. Birkengrün. Die ganze Kirche geschmückt.

Himmelschlüssel.

Wie die, von denen meine Schwester und ich so dicke Sträuße pflücken mussten, deren Duft wir tief einatmeten, das Gesicht zwischen den Blüten. Bis die Augen tränten. Die Lider anschwollen. Ich bekam ein Ekzem, und die Kopfhaut war wund. Das kommt, weil sie rote Haare hat, sagte der Amtsarzt. Ich war hässlich, aber nicht krank.

Man bekam bei einem Mückenstich kein Cortison, als ich Kind war.

Wenn man so ein armes Wurm war wie ich, half nur, sich nicht anzustellen. Hab dich nicht so, sagte Momma. Kinder durften zu sehen, aber nicht zu hören sein. So wenig zu merken wie irgend möglich. Keine Ziererei, kein Gehabe.

Trotzdem machte ich mich wichtig.

Es heißt, Rothaarige seien streitbarer als andere. Ich war ein ungewöhnlich streitbares Kind. Dass ich ein Mädchen war, brachte mir keine mildernden Umstände. Mädchen heißt in meiner Muttersprache *ståscha*, spricht man sie direkt an, *ståsche.*

»Oje oje, *ståsche*«, sagte Momma. »Oje oje.«

An das Dorf habe ich eine einzige Kindheitserinnerung, ein Bild, das sich auf keiner der Fotografien, die mein Vater aus dem schwappenden roten Wasser in der Dunkelkammer zog, entwickelte. Ein von niemandem bezeugtes Kindheitsbild, das einzige Erinnerungsbild an eine Kindheit, die hinter mich zu bringen ich mich wirklich beeilte, um nicht länger so hässlich und garstig zu sein. Dass es eine Kindheit voller Himmelschlüssel und Maiglöckchen war, mit Blutreizkern und Huflattich, Murmelspielen und mit dem Schienenbus um die Wette Abfahrtsrennen fahren, all das Schöne ist erst später lebendig geworden. In der Kindheit selbst war ich nur auf der Durchreise. Und lediglich eine Kindheitserinnerung habe ich, die weder bestätigt noch bezeugt wird.

Ich stehe auf dem Hügel hinter der Genossenschaft. Dort verlief ein Weg, mehr ein Pfad. Man ging dort von der Genossenschaft zum Sägewerk oder umgekehrt.

Ich stehe einem alten Mann gegenüber. Ich weiß, dass ich ein sehr kleines Kind bin. Nur gerade halb so lang wie der Mann, dem ich gegenüberstehe.

Ich stehe ihm gegenüber. Er trägt einen Hut.

Ich bin so klein, dass mein Kopf auf der Höhe seines Schwanzes ist. Darum geht es nicht, er holt ihn nicht raus, und er fummelt nicht an meinem Hintern rum, es ist eine andere Art von Übergriff.

Dieser Mann ist mein Feind. Er hat auf dem Pfad etwas Höhnisches zu mir gesagt. Ob es meiner Mutter galt oder meinem Vater, ob meiner Momma oder meinem Opa, daran erinnere ich mich nicht, auch nicht, was er sagte. Etwas Höhnisches war es, etwas Schlimmes und Gemeines, es ging um meine Familie, und er hatte es absichtlich gesagt.

Ich stehe auf dem Hügel hinter der Genossenschaft dem Mann gegenüber, und ich bin so wütend, dass ich spucke.

Ich spucke den Alten an und ich fluche. Ich mag klein sein, aber ich habe eine große Klappe. Alle Flüche, die ich jemals gehört habe, und die mir jetzt einfallen, werfe ich dem Alten dort oben an den Kopf.

Sein Hut ragt wie ein Dach über uns beide.

Ich weiß, was ich sage, und ich weiß, dass es ungezogen ist.

Der Mann weiß, dass es ungezogen ist, denn sonst würde ich es nicht sagen. Dieser verfluchte Alte hat etwas gesagt, weshalb ich das tun muss. Er hat etwas gesagt, das nicht ungestraft durchgehen darf.

Wie der Mann heißt oder wie er aussieht, das weiß ich nicht mehr. Er gehört nicht zu meiner Verwandtschaft im Dorf, er ist keiner von uns.

Dieser verfluchte Mann ist einer von den anderen. Deren Vieh in unsere Brunnen pisst.

Er ist einer von den anderen, und er hatte sich höhnisch über meine Seite geäußert, der verfluchte Mistkerl, dieser Höllenbraten.

Ich spucke, aber ich hätte genau so gut Steine werfen können. Flaschen mit Benzin.

Es ist Krieg, und ich weiß, dass Krieg ist. Ich weiß, wohin ich gehöre, ich bin eine von uns und muss die Meinen verteidigen.

Ich höre nicht auf, ich gebe nicht auf.

Wäre es ein anderer Mann gewesen, zu einer anderen Zeit, wäre es einer aus der Stadt gewesen, der nichts davon weiß, wie es auf dem Dorf ist, hätte er vielleicht gelacht. Einer aus der Stadt hätte mir vielleicht das Haar gezaust und einen Fünfer geschenkt.

Nicht so dieser hier, nicht in diesem Dorf. Dieser Kerl lacht nicht.

Er steht mir gegenüber und schaut unter dem Hutdach auf mich herab.

Ich starre genau so zurück. Wir stehen jeder auf seiner Seite der Sonne, in meinem Kopf blitzt es.

Ich spucke.

Wer auch als erster von hier weggehen wird – ich werde es nicht sein. Ich bleibe auf dem Hügel oberhalb der Genossenschaft stehen.

Der Alte gewann.

Ich bin ein Verlierer, ein Verräter, ich habe die Meinen im Stich gelassen. Meine ganze Verwandtschaft entehrt. Jetzt kann er zu den Seinen nach Hause gehen und sagen, was sie für ungezogene Kinder haben. Die sind wie ihre Leute. Mehr wie Zigeunerpack, wie Schneepisser, Moslems, Christen, Juden, Araber, Mazedonier, Albaner, Türken, Asiaten. Das Kind war ganz abscheulich, es hat sich unmöglich benommen, es war schrecklich.

Er hat recht.

Eine Verräterin bin ich, die ihre gesamte Verwandtschaft unmöglich gemacht hat.

Ich wusste, dass Krieg war, aber nicht, dass die Schusslinie durch mich hindurchging. Dass ich genau auf der Grenze stand. Das ist bei allen so, die in einem Dorf geboren werden, man gehört entweder zur einen Seite oder man ist auf der der anderen. Auf einer der beiden Seiten ist man.

Andernfalls geht man ins Moor, Aufmerksamkeiten anlässlich meines Gedenktags unerwünscht. Keine mit Birkenlaub geschmückte Kirche.

Keine Himmelschlüssel.

Ich spucke noch immer. Jeden Morgen, wenn ich die Zeitung lese, spucke ich. Ich lebe, also spucke ich.

Ich spucke.

Als ich mich gerade entschieden habe, das hier aufzuschreiben, endlich habe ich das Samenkorn meiner Geschichte gefunden – die Dörfer, den Vergleich zwischen dem Dorf, in dem ich als Kind lebte und nicht dazugehörte, »keine Hiesige« war, und dem Dorf in Finistère, wo ich immer eine Fremde sein werde – da klingelt das Handy.

Ich habe mächtig Lust, den Fluch und die Segnungen des Fremdseins aufzuschreiben. Darauf werde ich mein Buch aufbauen.

Dörfer und ihre Geheimnisse, ihre Sprache und ihr Klima, all die Konflikte, die so leicht aufflammen und zu Krieg werden können.

Zugehörigkeit und Fremdheit.

Die Formulierungswut und damit einhergehend die Fähigkeit zu formulieren packt mich, die Energie fließt.

Wenn nur das Handy schweigen könnte, warum habe ich das schwedische Abonnement nicht gekündigt, warum muss es ausgerechnet jetzt klingeln?

Es hört nicht auf zu klingeln.

Ob ich antworte oder nicht, beides ist gleich störend, ich antworte.

Ein Gespräch vom *Aftonbladet*, einer Stockholmer Zeitung.

Ein Journalist will mich interviewen, weil ich rote Haare habe. Rothaarige seien mit Neandertalern verwandt, haben Forscher entdeckt, und jetzt will er wissen, was ich dazu zu sagen habe.

»Ich wohne dort nicht mehr«, sage ich, schalte das Handy aus, nehme die Batterie heraus und werfe die SIM-Karte weg.

Ich bin desertiert, so ist das.

## *Zitronenmelisse*

Aus einem Abfluss stinkt es. Schon als ich zum ersten Mal hier war, ehe ich das Haus kaufte, fiel mir der Geruch auf. Aber ich verdrängte ihn, da ich mich schon beim ersten Mal entschieden hatte. Nachdem ich hierher gezogen war, habe ich mich mit nachlassendem Erfolg bemüht, den Geruch zu verdrängen, ich habe die Luft angehalten und Papierbäuschchen in die Nase gesteckt. Aber die Tatsache bleibt bestehen, der Geruch ist da. Mehr oder weniger abhängig vom Wetter, aber er ist da.

Der Abfluss befindet sich draußen in der Nähe der Hintertür und führt zum einige Meter entfernten Abflussbrunnen.

Ich sitze bei Sonnenuntergang auf der Treppenstufe vor der Hintertür und trinke bei offener Tür und mit dem Fernseher in Sichtweite meinen Abendtee. Wenn die Abendsonne auf die Treppe scheint, werden auf allen Kanälen die Nachrichten gesendet und *Questions pour un champion*, Fragesport mit Julien Lepers, dem großen Volksbildner Julien Lepers. Vor dem Sonnenuntergang und der Zeit des Gießens.

So viele Abende mit *Questions pour un champion* und Weltnachrichten. Aber jetzt geht es nicht mehr.

Ich habe besonders stark duftende Kräuterpflanzen in das Bett oberhalb des Ablaufventils gesetzt – Minze, Thymian, Zitronenmelisse, Rosmarin. Lavendel. Die Minze ist groß wie ein Weihnachtsbaum.

Es stinkt trotzdem, Scheiße und Zitronenmelisse.

An den schönen Abenden ist es am schlimmsten.

Im Winterhalbjahr, wenn es stürmt und schüttet, verschwindet der Gestank. Wenn es stinken könnte, so viel es will, ohne dass es jemanden belästigt, stinkt es nicht.

Das Problem entsteht bei schönem Wetter.

Es stinkt an zwei Stellen.

Zum einen beim Abendtee- und Fernsehplatz, zum anderen in der Garage, wo aus dem Werkstattteil das Gästezimmer entstehen soll. Dieses wichtige Gästezimmer, von dem für die Installation von Dusche und WC zuständigen Monsieur Godot als *Le coin des amis* bezeichnet.

Das Gästezimmer bildet, ebenso wie E-Mails, Telefon und *La Poste* die Voraussetzung, dass ich hier leben kann. Dass ich in Finistère wohne, soll zwischen mir und meinen Freunden keinen Abstand schaffen. Im Gegenteil, wenn das Gästezimmer mit eigenem Eingang, Toaster und Herdplatte fertig ist und sie kommen und gehen können, wie sie wollen, werden wir uns näher sein denn je.

In Reichweite, aber durch verschließbare Türen getrennt.

Deshalb habe ich die Ecke für die Freunde mit Seele geplant. Und immer das Warten auf Monsieur Godot, den Installateur. Das Planen dessen, was ich selbst tun werde, wenn er die Grundlage geschaffen hat, ich habe Farbe gekauft, Schleifmaschine, Vorhänge, Waschbecken und Toilettenbecken. Ich habe einen Bohrer angeschafft und Probebohrungen im Beton gemacht.

Alles habe ich gemacht, ohne erst diesen Ablauf in Angriff zu nehmen.

Das war unbedacht, dumm und teuer und ganz wie es meine Art ist. Und die meiner Mutter. Wir gehen drauflos wie die Selbstbinder, wie Landwirtschaftsmaschinen bei der Heuernte. Zurück bleiben nur Stoppeln.

Bringen aussichtslose Projekte auf den Weg, mit Geld, das wir nicht haben. Flitzen drauflos und ignorieren die Konsequenzen. Ignorieren sie nicht wirklich, denn wir sind dann schon ausgesprochen nervös, aber solange wir dabei sind, unterdrücken wir das Wissen um mögliche Konsequenzen, ineffektiv zwar, aber mit viel Energie.

Mit Katastrophen klarkommen, die man selbst verursacht hat, ist für Menschen wie wir Teil der täglichen Routine.

Dass der Abfluss stinkt, dafür kann ich nichts, aber ich kann dafür, dass ich es ignoriert habe.

Ich will gerade Monsieur G anrufen, den Installateur, als mir klar wird, dass der Ablaufbrunnen kein gewöhnlicher Installateurjob ist. Um den alten Ablaufbrunnen auszugraben und ihn durch einen Tank zu ersetzen, braucht man einen Bagger.

Es gibt in Clohars einen alten Mann, der so etwas macht, Monsieur G mit dem Bagger, den laut Madame C sehr teuren und schwer fassbaren Monsieur G mit dem Bagger.

Seine Telefonnummer habe ich von Madame C bekommen, aber da ich kein Geld habe, um ihn herzuholen, habe ich nicht angerufen, und da er sowieso nie kommt, ist es so am besten. Ein weiterer Monsieur G, auf den ich warten muss, ist zu diesem Zeitpunkt meines Lebens einer zu viel.

Es gibt nur eine Möglichkeit, mit dem Abflussgestank zurechtzukommen – sich mit ihm zu versöhnen. Ihn zu akzeptieren. Ihn nicht länger verdrängen wollen. Aufhören, die Luft an- und die Nase zuzuhalten. Den Geruch, den es unbestreitbar gibt, zuzulassen.

So riecht es hier, das ist ein Teil davon, das gehört dazu.

Ich finde mich damit ab. Der Abflussgeruch gehört dazu. Wie der Jasmin- und Geißblattduft an der Pergola, die Wicken am Zaun, der Duft von Madame Alfred Carrière, der altmodischen Duftrose, und der Duft der Kräuter, der Riesen-Minze und der Zitronenmelisse.

Vor meiner Tür riecht es nach Dung.

Wie von einem Misthaufen, natürlich und gut.

## *Mit Freuden töte ich kleine Tiere*

Nach einer Hitzewelle Ende Mai treffen Krankheiten die Pflanzen in meinem Garten, es ist, als sei die Pest ausgebrochen.

Die Rosenhecke hat die Schwarzfleckenkrankheit. *Ingrid Bergman*, *Cuisse de Nymphe* und *Madame Alfred Carrière* haben Blattläuse, die Lorbeerbüsche Mehltau, das Geißblatt hat Würmer, Käfer fressen die Stängel der Stockrosen, die gerade anfangen zu wachsen.

Der Pittosporumbusch an der Dorfstraße lässt die Blätter fallen, gelb, fett, länglich tropfen Pittosporum–Blätter wie Tränen zur Erde, und bei der Kresse sitzt schwarzes, fast regloses Gewürm in Gruppen auf der Unterseite der Blätter und mampft die Kresse in sich hinein.

Diese Kresse, die mir so viel Mühe bereitet und mich so viel Zeit und Platz gekostet hat. Die Sprösslinge mit ihren gelbweißen Stielen auf der Fensterbank, diese fadenartigen Wurmfortsätze mit der Pinzette zu vereinzeln. So enorm viel langweilige Mühe, und dann kommt eine Gruppe dunklen Gewürms und macht sich über die fertige Kressepflanze her. Fast reglos, aber unerhört unangenehm sitzen sie in den stummen Klumpen dicht auf dicht.

Als ich zum ersten Mal eine meiner Rosenknospen strotzend von Blattläusen sehe, packt mich eine ungeahnte Mordlust. Ich will die Blattläuse mit bloßen Händen erwürgen, ich nehme es persönlich, ich hasse diese Teufel.

An Wut bin ich gewohnt, ich bin immer wütend. Selbst wenn ich in Finistère glücklich bin, so ist doch meine Wut gegen die Macht intakt. Aber diese Mächtigen, denen gegenüber ich eine solche Wut verspüre, will ich weder ermorden noch habe ich sie ermordet. Sie sollen mit dem Terror aufhören, dem ganz normale Menschen heutzutage ausgesetzt sind – sie sollen zu einer anderen Galaxie verschwinden, aber ermorden will ich sie nicht.

Die Blattläuse hingegen, die gefleckten gelben Läuse mit den weißen Antennen, die millimetergroßen durchsichtigen Kriechtiere mit ihren Froschaugen, die Käfer, Larven, Raupen auf dem Geißblatt, gar nicht zu reden von den fast reglosen Schwarzen, die die Kresse auffressen – die will ich umbringen, ausrotten, vernichten. Ich hasse sie alle, kollektiv und jedes einzelne für sich auch.

Mein Vater wüsste bestimmt eine biologisch abbaubare und humane Weise, diese reglosen Läuse loszuwerden, irgendeine Abkochung aus Alraunen. Oder er würde meinen, genau wie Mademoiselle J, dass ich sie doch weiterfressen lassen soll, bis sie von selbst aufhören.

Ich finde allerdings, die Reglosen sind nicht human und haben nicht verdient, human behandelt zu werden. Wären sie nicht so eklig, ich würde sie mit bloßen Händen zerquetschen, aber stattdessen fahre ich in das Farbengeschäft in Quimperlé und besorge mir Gift.

Alles Gift, das es gibt, kaufe ich, und schreibe einen Scheck über eine schwindelerregende Summe aus. Mit sechs verschiedenen Todessprays, einem Pulver, zwei Kartons Blaukorn sowie einem flüssigen Gift, das so konzentriert ist, dass man ein Teil Gift mit tausend Teilen Wasser verdünnen muss, schreite ich zu Werke. Mit Freude töte ich die kleinen Tiere in meinem Garten, Pflanze für Pflanze, Gewürm für Gewürm, Laus für Laus.

Ich wusste nicht viel vom Tod, ehe er in meinen Garten kam, nach einem Jahr mit ihm weiß ich alles.

Dass Glück nicht zum Gutsein führt, ist für mich die einzige unangenehme Überraschung in Finistère. Dass Glück aus mir keinen toleranten Menschen macht, kommt wie ein Schock.

Ich stehe unter chronischem Schockzustand.

Ich habe alles, wovon ich nicht einmal träumen konnte, es zu bekommen, und trotzdem bin ich nicht gut geworden; ich bin nicht besser als Monsieur Le R, ich bin Monsieur Le R.

Viel schlimmer als Monsieur Le R bin ich, weitaus abscheulicher.

Meine Schlechtigkeit ist vorsätzlich, lustvoll, ich morde vorsätzlich und mit Leidenschaft, während Monsieur Le R meines Wissens seinen Rassismus nie in die Tat umgesetzt hat.

Ein Lustmörder bin ich, der mit Vergnügen zur Tat schreitet.

†

Die Gifte helfen.

Einzig bei der Schwarzfleckenkrankheit der Rosenhecke, der teuer erworbenen Hecke mit *Chrysler Impérial*, und bei *Madame Alfred Carrière* spricht mein tödlicher Cocktail nicht an.

Die *Cuisse de Nymphe* hingegen, als Sonderangebot gekauft, als der Supermarkt Leclerc nach seiner Gartenaktion Ausverkauf machte, öffnet riesige sahneweiße gefüllte Blüten. Der Stamm ist dick wie ein Handgelenk. Die Zweige sind frisch und saftig, die Blätter ohne einen Flecken.

*Ingrid Bergman* biegt sich unter dunkelroten schwellenden Knospen, kurz vorm Aufgehen. Die Blätter dunkelgrün und gesund, der Stamm gerade. Kein Pünktchen, keine einzige Laus.

Zwei billige Zwergrosen aus dem Supermarkt haben den ganzen Winter über geblüht. Jetzt sind sie ihren Töpfen entwachsen, dreimal so groß und zeigen kein Zeichen von Ermattung.

Während die Niedrigpreisrosen üppig gedeihen, ist die teure Rosenhecke aus der Gärtnerei kurz vorm Eingehen, sie schwebt zwischen Leben und Tod. Jeden Tag fallen mehr Knospen ab.

Jeden Morgen schaue ich als erstes nach, wie es mit der Rosenhecke steht und mit *Madame Alfred Carrière*. Aus schlecht wird schlimmer, die Blätter werden alle gelb, die schwarzen Flecken immer größer, wie Papier segeln die Blätter zur Erde.

Die Gärtnerei gibt mir Rat und Produkte zum Probieren, aber nichts hilft. Mademoiselle J sagt, das werde vorübergehen, wie eine Erkältung bei einem Menschen, kein Grund zur Beunruhigung.

Ich werde immer unruhiger. Freunde haben empfohlen, ich solle mir einen Hund anschaffen. Wenn ich schon bei diesen Pflanzen so unruhig werde – wie soll das mit einem Hund werden?

Es beunruhigt mich bereits der Gedanke, wie sehr es mich beunruhigen würde, wenn ich einen Hund hätte. Ich werde mir keinen Hund anschaffen.

Der Zustand von *Madame Alfred Carrière* und *Chrysler Impérial* überschattet alles. Keine Unruhe wegen des ungeschriebenen Buchs. Ich denke einzig und allein daran, wie es meinen kostbaren Rosen geht, und habe angefangen mit ihnen zu reden.

Übergangslos, unmerklich hat sich das eingeschlichen.

»Was sollen wir denn nur mit dir machen? Wie steht es denn heute, nein, wie siehst du kränklich und traurig aus, arme kleine *Madame Alfred Carrière*, was machen wir bloß? Kopf hoch, ja so, ja so. Brav.«

Ich höre mich selbst in geziertem und mitleidigem Ton mit den Rosenpflanzen schäkern. Das ist, wie sich ins Handy schreien hören, wo doch das Schlimmste überhaupt diese Menschen sind, die in ihre Handys schreien. Ich kann mir nichts Tristeres als eine Frau meines Alters vorstellen, die durch ihren Garten geht und in mitleidigem Ton mit ihren

Pflanzen redet, und nun tue ich das selbst. Ich versuche mich zur Räson zu bringen, komme mit Vernunftargumenten. Aber da Vernunftargumente an die Vernunft appellieren, sind sie bei einem Instinkt, der sich an Pflanzen wie an denkende Subjekte wendet, wirkungslos.

Beginnt man Pflanzen Gefühle zuzuschreiben, steht man plötzlich da und leugnet die Photosynthese und bejaht die Schöpfung, die Kreuzigung, den Papst, und schon sind es nur noch wenige Schritte bis zu den Taliban.

Bald ist man dann verschleiert.

Ewig dieser Gottesmissbrauch, gegen den ich mit seit der Sonntagsschule auflehne, diese Sammelbüchsen mit dem kleinen schwarzen Bimbo. Dieses Iss dein Wurstbrot auf!, damit die Kinder in Afrika satt werden. Dieser Täuscher von einem Gott mit seinen argumentativen Purzelbäumen. Als Argument, um mich sündenfrei und gläubig zu machen, muss er schon etwas Besseres auffahren, als seinen einzigen Sohn an ein Kreuz zu nageln, damit man ihn dann – wenn auch symbolisch – essen soll.

Gläubige Menschen sagen, nicht du sollst deinen Schöpfer suchen, er sucht dich, wenn es soweit ist. Tag und Stunde weiß niemand. Deine lebendige Seele braucht ihren Schöpfer, ein gottloser Mensch kann keine Moral haben.

Dieser Missbrauch des Wortes Moral. Das einzige, was ich in Massen umgebracht habe, ist solches fast regloses kleines Gewürm, während der scheinheilige Schöpfer in jeder Sekunde und meistens in seinem Namen Massenmorde begehen lässt. Wenn er so allmächtig ist, warum tut er denn dann nichts im Mittleren Osten? In Nordirland? Afghanistan? Wie kann er einfach nur zusehen wie Kofi Annan? Und mal im Ernst, wie kann er den Papst wie ein Paket mit einem Idioten drin durch Georgien befördern lassen?

Warum hat er in Ruanda nicht eingegriffen? Wo war er, als in Mazedonien noch eine weitere Großmutter in den Schubkarren gesetzt und von ihrem Enkelsohn mit amputiertem Bein von Haus und Hof gekarrt wurde? Die Kindersoldaten in Afrika, Aids, alles, was die Solidarität zwischen Armen und Reichen aushöhlt, die Kluft, die wächst, die Schüsse in Genua und Göteborg, worauf wartet er?

Was macht er bloß und warum lässt er meine Rosen leiden?

Ich verleugne ihn dreimal, ohne dass der Hahn in Nachbars Garten auf der anderen Straßenseite kräht. Diese grenzenlose Sehnsucht der Menschen nach Glauben, ich verfluche sie.

Wäre nicht Madame C in ihrem rotlila Renault mit ihrem bezaubernden *»bonne matin«* gekommen, beinahe hätte ich dort im Rosenbeet gekniet und trotz allem den Herrn angefleht.

Wie stets von Madame C auf die Erde zurückgeholt, erhebe ich mich und zeige ihr die kranke Rosenhecke und die an der Schwarzfleckenkrankheit erkrankte *Madame Alfred Carrière*.

»Sie sehen, Madame C, was tun?«

Sie zuckt die zarten Achseln.

»Sie können irgendein Produkt ausprobieren, das bei Mehltau auch nicht hilft. Sind die Rosen krank, so sind sie krank, müssen sie sterben, so müssen sie sterben.

Die Rosen sehen nicht gut aus, man weiß nie, wie es gehen wird.

Man kann es versuchen, aber man kann es auch sein lassen.

Die Menschen entscheiden, was sie mit den Rosen tun, aber die Rosen machen, was sie wollen. Sterben sie, dann sterben sie.

Dass die billigen leben und die teuren sterben, beweist nichts, außer dass es in diesem Fall zufällig so ist.«

Man darf nie übereilte Schlüsse ziehen. Und nie Entscheidungen treffen, die sich auf diese Schlüsse begründen. Das ist Madame Cs Credo, das sie in aller Offenheit predigt. Weil sich Tatsachen ständig verändern.

Eine vermeintlich einjährige Pflanze kann Jahr für Jahr blühen. Eine überwinternde kann nach einer halben Saison ihr Tun einstellen. *Les annuelles, les vivaces.*

»Beunruhigen Sie sich nicht«, sagt Madame C und deutet auf meine teuren Pfingstrosenpflanzen.

»Die sehen auch nicht sonderlich gesund aus.«

Dann steigt sie wieder in ihr Auto, so graziös, wie nur Madame C in ihr Auto einsteigt, den Rock mit der Hand raffend.

»Bis morgen«, sagt Madame C, und dass ich meine Kräfte dem Buch widmen soll.

»*Bon courage. À demain.*«

Wir hatten unsere tägliche Begegnung, sie ist weg, aber der Duft ihres kostbaren Parfüms hängt noch in der Luft.

»*À demain*, Madame C.«

Am nächsten Morgen ist jede einzelne *Chrysler Impérial* aufgeblüht.

## *Schnecken & Sprache*

DAS GRÖSSTE PROBLEM sind die Schnecken, laut Madame C.

Schnecken mit und ohne Haus. Schnecken, die Tulpenzwiebeln auffressen und Wurzeln, Blütenblätter. Rückgratloser Abschaum, der in Gärten schleimige Spuren hinterlässt, diese widerlichen Schnecken – *les limaces*.

*Dagens Nyheter*, in meinem früheren Vaterland *die* unumschränkte Tageszeitung, ist Fürsprecher des Enthauptens – Kopf ab oder kochendes Wasser darauf gießen. So wird man die Unerwünschten los – Rezept der Zeitung.

Meine Großmutter mütterlicherseits aus Hochgebirge und Binnenland in Mittelnordschweden benutzte Asche. Holte sie aus dem Herd und packte sie um die Wurzeln der schwarzen Johannisbeerbüsche. Da machten die Schnecken kehrt und krochen schnellstens in den Gemüsegarten.

Die Großmutter väterlicherseits, die im Herrenhaus bei Stockholm, benutzte Bier, das sie in Suppentassen goss. Hatte ein Stück von ihrem guten Service einen Sprung, benutzte sie es im Garten. In dem Dorf, in dem ich aufgewachsen bin, gab es keine Suppentassen. Man aß die Suppe aus dem Teller, wenn überhaupt.

Großmutter goss einen Schluck Bier als Lockmittel in die Suppentasse und stellte sie unter die roten Johannisbeerbüsche. Der Duft zog die Schnecken an, betrunken ertranken sie im Bier.

Bei Momma kam Bier nicht in Frage. Im Dorf waren alle Antialkoholiker und Guttempler der Loge Lyra, alle bis auf vier Brüder, die von Selbstgebranntem und roher Fleischwurst lebten, aber das ist eine andere Geschichte.

Schnecken müssen sterben, da gibt es keine Gewissensbisse. Anders als bei Maulwürfen muss man keinen Kampf mit sich ausfechten. Die Schnecken werden sterben.

Es ist undenkbar, einen Maulwurf vorsätzlich zu töten, aber sich schleimiger Schnecken mit Stielaugen wie Marsmenschen und ohne Haus auf dem rückgratlosen klebrigen Rücken zu entledigen ein Vergnügen.

Ich kannte mal ein Mädchen, das so eine Schnecke aß. Das sie in den Mund stopfte und runterschluckte.

Die Schnecken ohne Haus heißen *åma* in der Sprache des Dorfs, wo ich Kind war. Eine eigene Sprache und kein Dialekt. Das war meine Muttersprache; die Sprache, in die hinein man geboren wird, heißt Muttersprache. Nicht nur dort, wo ich Kind war – *langue maternelle, mother tongue, modersmål – Muttersprache* heißt Muttersprache. Das Land, in dem man geboren wird, heißt *Vaterland, patrie, fädernesland.*

Die Kinder im Dorf hatten darum gewettet, wer sich traute, eine *åma* zu essen. Ein Mädchen traute sich als einzige. Die *åma* schmeckte wie Ei, sagte sie, als sie die Schnecke geschluckt hatte.

Mit so etwas hatten die Kinder ihren Spaß, ehe es Computerspiele gab.

Das gleiche Mädchen hatte ihren Großvater sterben gesehen. Sie war mit ihm draußen gewesen, er hatte gesagt: *ich setz mich hier mal kurz.* Setzte sich auf eine steinerne Einfriedung und starb.

Er hatte das in der Sprache des Dorfs gesagt, eine mündliche Sprache ohne schriftliche Version. Wollte man transkribieren, was er sagte, würde das ungefähr so klingen: *Jä sätt mä henan litte jä.*

Das *jä,* das den Satz einleitet und beendet, bedeutet ich, *jag,* und wird ausgesprochen wie das Englische yeah.

Zweisprachig zu sein ist kein Segen, wenn man das ausgerechnet in den beiden Sprachen ist, in die hinein ich geboren bin. Eine nebensächlicher als die andere. Nicht, dass ich Fürsprecher des Esperanto wäre, aber für den Erhalt der Dorfsprache auf die Straße gehen, das werde ich keinesfalls.

Es gibt schon so genug Balkan auf der Welt.

Das Mädchen, das seinen Großvater sterben sah, war eine Zeitlang im Dorf besonders beliebt. Immer wieder musste sie beschreiben, wie er im Augenblick des Todes aussah. Den Seufzer, der an beiden Enden aus ihm wich. Das Kinn, das mit einem Knacken herunterfiel. Aber die falschen Zähne blieben drin.

Auf Schwedisch klingt das armselig und vulgär, aber Schwedisch ist die einzige Schriftsprache, zu der ich Zugang habe. Diese blasse Sprache, eine Stadtsprache für Stadterfahrungen. Wie kontrastreich und farbig dagegen meine Muttersprache.

Noch nach fünfzig Jahren fühle ich mich beim Schwedischsprechen, als ziere ich mich, als mache ich mich feiner als ich bin. Sich feiner machen als man ist, also *stadsaktig* sein, das ist das schlimmste Verbrechen für einen Dorfbewohner. So zu tun, als sei man etwas Besonderes, heißt *fjaskut* sein, noch schlimmer ist *huskut fjaskut*.

Schwedisch sprechen heißt, auf die andere Seite wechseln. Auf die der Herrschaft, zu denen, die herrschen.

Wer mit einem Fuß auf jeder der beiden Seiten geboren ist, wird genau mit den Wörtern und schizophren.

In Finistère ist das nicht so. Hier spreche ich eine ganz eigene Sprache, mit eigener Syntax und meinen ureigenen Konjugationen. *Eigen* sein, bedeutet dort, wo ich herkomme, komisch sein. Will man in Finistère sagen, dass jemand eigen ist, benutzt man ein ähnliches Wort wie für fremd. Trotzdem scheint man mich in meinem Dorf nicht als komisch zu betrachten. Zugezogen und auf immer eine Fremde, aber nicht komisch. *Madame (ver)brennt ihre Hortensien und schließt nicht die Fensterläden, Madame ist nicht von hier, also geht das. Madame spricht komisch, aber sie spricht so gut sie kann.*

Alle Versuche, die Sprache zu lernen, habe ich nach vielem Bemühen aufgegeben. Es geht nicht.

Am Anfang wollte ich eine Konjugation pro Tag lernen.

*Ich bin, ich war, ich bin gewesen, ich werde sein, ich wäre, ich hätte sein sollen, ich werde gewesen sein, ich war gewesen, ich wurde, ich hätte werden sollen…*

Drei Grammatiken habe ich verbraucht, zwei davon Grundstufe, Kurse auf Band und im Auto die CD mit dem neuen Sprachkurs Echelle, der diese vielen kleinen Abkürzungen zum Alltagsfranzösisch bringt, von denen keine zu mir führt.

Nach einem Jahr kann ich mehr Wörter als zu Anfang, als ich hierher kam, aber sie beugen – das geht nicht.

Mir macht das nichts. Ich bevorzuge ungebeugte Wörter.

Im Präsens zu sprechen und nicht in Imperfekt, Konjunktiv, Futur oder Plusquamperfekt stimmt mit meiner Natur überein und meiner Art, die Welt zu betrachten – ich lebe jetzt.

Nicht *ich werde gelebt haben, ich habe gelebt, ich werde leben.*

Dass ich die wunderbare Sprache auf dem Anrufbeantworter von Madame C genieße, ist ein weiterer Genuss hier in Finistère, neben allen den anderen, aber nichts, was ich selbst können muss, um es zu genießen. Wäre es so, könnte man alle schönen Künste unmittelbar einstellen.

Madame C auf dem Anrufbeantwortet zuzuhören ist wie ein Tag im Louvre:

*C'est Madame C à l'appareil. Je suis absente pour le moment prière de laisser votre nom et votre numéro de téléphone et je vous rappelle dès que je suis revenue. Merci pour votre appel, bonne journée.*

Etwas genießen bedeutet nicht, dass man selbst können muss, was man genießt.

Ich schade niemandem, indem ich so spreche wie ich es tue, im Gegenteil. Die Menschen werden froh. Die einzigen, die leiden, sind Monsieur Godots Gesellen. Ihr unsägliches Entsetzen, wenn ich sie anspreche. Aber so selten, wie Monsieur G kommt, mag das als akzeptabler Schwund gerechnet werden.

Nicht, dass Monsieur Godot selbst irgendwelche Sprachen könnte. Wenn er mich anspricht, kann daraus *Madame Msöngh! Madame Maschtäng! Madame Malöss!* werden. Aber da mir klar ist, dass er mich meint, komme ich, wenn er ruft.

Als mir die Post meine erste Wasserrechnung bringt, ist zufällig Monsieur G im Haus, eine Ausnahme und ein Glück. Nichts ahnend reiße ich den Umschlag mit der Wasserrechnung auf und begreife nicht, was ich sehe. Das ist die erste Wasserrechnung meines Lebens, auf dem Hof im Norden hatten wir eine eigene Quelle, und ich kann mich nicht erinnern, dass in den Wohnungen in Stockholm das Wasser einen Preis hatte.

Ich traue meinen Augen nicht. Denke, das muss in Euro sein, bis mir einfällt, dass die Summe dann, wäre sie in Euro, ja niedriger ist, als ich glaubte, und nicht sechs und ein halb Mal höher. Wasser kann unmöglich so teuer sein.

»Monsieur Godot!«, rufe ich. »Sie sehen. Ich bin enorme Rechnung, Sie sehen, Monsieur. Ich bin enorme Rechnung für Wasser.«

Hier sagt man Monsieur – Herr – Godot.

In Finistère trinkt man nicht die ganze Zeit Kaffee wie in Schweden. Würde man dort, wo ich herkomme, nicht zum Kaffee einladen, gälte man als schlechter Mensch. Hätte ich Johnny und Olle nicht zu Kaffee mit Schuss eingeladen, als sie im Haus im Dorf das Rohr legten, wäre es binnen einer Minute im Dorf rund gewesen, dass ich geizig bin. Hätte ich Johnny und Olle außerdem noch mit Herr Lundgren und Herr Johansson angesprochen, wäre binnen kürzester Zeit die ganze Gegend darüber informiert gewesen, wie hochmütig und verrückt und total Stockholmisch ich geworden bin.

Monsieur Godot trinkt keinen Kaffee. Als es warm ist, versuche ich ihm einen Drink anzubieten. Freundlich:

»Sie ein Ring, Monsieur Godot?«
Er raucht wie ein Schlot.
»Rauchen Sie?«, fragt er und bietet mir eine Gitane an.
»Sehen andere rauchen *merci beaucoup*.«

Zum Anrufbeantworter des Malers:
»Guten Tag, sein Madame, ich bin vergessen eine Sache als sie die Sachen ich Sie bitte. Das Bett auf Fuß verschoben. Ich ihn nicht erreichen.«

Das Band ist zu Ende, neuer Anruf:
»Ja! Wieder Madame. Wieder. Das Wand, das neu, nicht gut ich kann das auf Französisch. Guten Abend.«

Zum Maler, als er kommt:
»Guten Tag, Herr M, ich frage mich, ob Sie haben sehr starke Strumpfhose. Ich bin nur gewöhnlich klebrig.
Gar nicht, gar nicht, aber ich Angst, dass er total zusammenfallen werden.
Vielen Dank vielen Dank, das ist sehr nett, danke danke. *Merci beaucoup*.«

An der Tankstelle:
»Ich legen Benzin auf die Auto, vielen Dank.«

Beim Schuhmacher:
»Die Schuhe, er sehen. Sie sein Herbst. Sie Kanne?«

Im Heimwerker-Kaufhaus:
»Pardon – wie viele schlafen diese Kasten?«

Beim Frisör:
»Danke, vielen Dank.
Können Sie ihren Namen? Sie können schreiben?«

Ein großes Problem für mich sind alle diese Namen, sie liegen Wörtern mit anderen Bedeutungen so nahe. Je mehr ich mir der Falle bewusst bin, umso leichter tappe ich hinein.

Bei Monsieur H in der Eisenwarenhandlung:
»Guten Tag, Herr Homophil, *pardon* ich die Frage, der Stein.
Sie sehen. Der Zement.«
Zeige ihm die Fliese.
»Das muss vor auf Wasser. Oh danke, sehr nett, vielen Dank.«
Gehe mit der Warenprobe, komme am nächsten Tag wieder:
»Guten Tag, Herr Homophil.
Nein, *pardon pardon*, danke, vielen Dank.
Ich Sie fragen, ob diese ist nicht der Produkt.
Danke vielmals, so nett, danke. Daran denken. Danke.«
Komme am nächsten Tag wieder, Frau H steht im Laden:
»Guten Tag Frau Herr Homophil.«
Zeige das Produkt.
»Ihr Mann das Produkt.«

Unzählige Male spreche ich den freundlichen und, wie ich nach und nach begreife, tief religiösen Monsieur H mit Herr Homophil an.

Jedes Mal, wenn das passiert, sehe ich seinen Laufburschen blass werden, noch einer von diesen jungen Männern, die angesichts meiner Sprache das Entsetzen packt, und ich höre vor meinem inneren Ohr sein wortloses Gebet: *Lieber Gott mach, dass sie den Chef nicht wieder Herr Homophil nennt.*

Das Gebet wird nicht erhört.

Lange war ich Stammkunde in einem teuren Einrichtungsgeschäft, einige Kilometer von meinem Dorf entfernt. Alles in meinem Haus habe ich entweder auf dem Flohmarkt, im Ausverkauf oder dort gekauft:

»*Bonjour, pardon*. Ich bin die Lampen. Vielen Dank.

Und kleinen Toastbrot. Aus Eisen. Vielen Dank.

Nein nicht danke. Sehe an einen kleinen vorher.

Genauso Hilfe mit an der Wand, vielen Dank.«

Beim Stoff und den Tapeten:

»Entschuldigen Sie, Verzeihung. Welche kosten dieser hier?

Gilt das die Fetzen auch vierzehn Prozent?

Sie sind American Express?

Ja, das habe ich.

Das geht gut in der Sack, vielen Dank, danke, danke. Ich bin die Auto da draußen. Ich glücklich die Zwiebeln. Nicht wie modern, so klein. Moderne Zwiebel sehr schwer. Ich bin Glück mit, dass die so.«

Schraubende Handbewegung:

»Ich verstehe nicht! Warum die Zwiebeln ändern?

Vielen Dank, danke, danke, *au revoir*.«

In dieser meiner eigenen Sprache habe ich ein ganzes Haus samt zugehörigem Garten gekauft. Ich habe Versicherungen abgeschlossen, das Auto repariert, *die Auto*, das jedes Mal, wenn man aus einem Supermarkt kommt, angefahren ist, denn das ist Teil der hiesigen Kultur. Ich bin selbst auf ein Auto aufgefahren und habe den Fahrer der Fahrlässigkeit beschuldigt. Er sah so dumm aus, als er die Schramme anstarrte.

»Ich verstehe mich nicht, wenn Sie bitte«, sagte ich und fuhr davon.

Beim Zahnarzt bin ich gewesen, im Gemeindebüro und bei der Rentenversicherungskasse und dem Finanzamt, und es ist sehr gut möglich, dass mein Auto angemeldet wird, obwohl ich dafür *unbefleckte Empfängnis* beantragt habe.

Die Finistèrianer verstehen mich.

Besonders natürlich Madame C.

Das einzige, was ich an Madame C nicht mag, ist das mit dem Buch, diese unheilige Allianz, in die sie mich hineingezogen hat. Dass ich mit etwas so Plumpem wie der Sprache gezwungen werde, meine Gefühle für Finistère zu entweihen.

Denn nur, damit sie mich nicht fragen soll, wie es mit dem Buch vorangeht, halte ich mich so lange beim Ausrotten von Schnecken auf. Und plötzlich, da das alles gar nicht mehr so wichtig ist, klappt es vorzüglich, das Konjugieren der Verben und die Syntax. *Subjonctif, plus-que-parfait, futur antérieur*!

Die richtigen Wörter für Asche und Bier fallen mir ein. Großmama beziehungsweise Großmutter – *grandmère maternelle, grandmère paternelle*. Plötzlich benutze ich das Imperfekt »meine Großmama benutzte Asche, meine Großmutter benutzte Bier«.

»Ich habe vor, beides auszuprobieren« – Futur.

»Ich wäre froh, wenn ich die Mörderschnecken loswürde.« – Konjunktiv! Kenntnis, die ich gehabt haben muss, die mir aber noch nie zur Verfügung stand – ich konjugiere Hilfsverben, wie ich noch nie konjugiert habe.

Madame C scheint nicht zu merken, wie gut ich spreche, sie kommentiert es nicht.

Sie selbst benutzt *Anti-Limace longue durée* gegen die Schnecken, sagt sie, und fragt dann, wie es mit dem Buch geht. Nur so lálà. Überrumpelt mich mitten in einem Konjunktiv des Verbs vernichten.

»Welches Buch«, sage ich. Auch wenn daraus *welches Bett* wird, wie schon immer, aber natürlich versteht sie mich.

»Der Preis des Wassers in Finistère«, sagt Madame C.

»Nach welchem Buch sonst sollte ich Sie fragen?

*Still fließt der Don?*«

# *Der Mann aus Moëlan*

Es gab in Moëlan einen Mann, der konnte Maulwürfe verjagen, aber er ist gestorben.

Der Mann aus Moëlan wusste als einziger, wie man es anstellen muss, Maulwürfe aus Grundstücken und Gärten in Wald und Wiesen zu vertreiben, ohne ihnen zu schaden.

Er verscheuchte sie.

Wie er das machte, weiß niemand, und er lernte niemanden an. Mit dem Mann aus Moëlan starb das Wissen, wie man das Maulwurfproblem löst, ohne die Tiere umzubringen.

Maulwürfe sind für die meisten hier ein Problem, bis auf Madame C.

Nicht, dass Madame C keine Maulwürfe in ihrem Garten hätte, aber sie empfindet Maulwürfe nicht als Problem.

Mademoiselle J findet schon, dass sie ein kleines Problem sein können, aber nichts, um sich einzumischen.

Maulwürfe richten keine wirklichen Schäden an, sie sind Insektenfresser, keine Nagetiere. Fressen nicht wie Wühlmäuse und Mäuse die Wurzeln der Pflanzen. Die unterirdischen Gänge der Maulwürfe lockern die Erde auf, und das ist gut so, laut Mademoiselle J.

Maulwürfe sind ein Teil der Natur, und deshalb sollten sich die Menschen den Maulwürfen anpassen und nicht umgekehrt. Mademoiselle J sagt, was mein Vater gesagt hätte, und ich stimme nicht zu.

Maulwürfe sind mir höchst unerwünscht.

Tritt man auf einen Maulwurfshügel, gibt die Erde nach. Man bekommt das Gefühl, als falle man durch die Erde in die Unterwelt wie Alice im Wunderland.

Anfangs habe ich die Maulwurfshügel ja noch lustig und

interessant gefunden, aber allmählich ärgern sie mich mehr und mehr.

Das ist unnötig, laut Madame C. »*À quoi bon?*«

Maulwurf heißt *taupe*.

Ich weiß, dass es *taupe* heißt, aber wenn ich aufgewühlt bin, wird daraus *taube*. Wie immer versteht Madame C, was ich meine, und korrigiert diskret, so dass ich mich nicht zurechtgewiesen fühle. Wenn ich sehr aufgewühlt bin, sage ich statt Madame C immer madman C. Stolperdrähte sind diese Wörter, Minen!

Ehe ich nach Finistère kam, wusste ich nicht, dass Maulwürfe für einen Garten ein Problem darstellen können. Dort, wo ich aufgewachsen bin, ist der Boden zu kalt.

In Finistère hat es immer viele Maulwürfe gegeben. Seit der alte Mann in Moëlan starb, sind es mehr denn je.

Die meisten in meinem Garten.

Maulwürfe zeigen sich nicht. Keiner, den ich frage, hat je einen Maulwurf gesehen. Der Mann aus Moëlan muss sie gesehen haben, nicht aber meine Nachbarn im Ort. Weder Monsieur Le R. Noch Madame C. Noch ich. Bis dann eines Tages. Als ich draußen unterwegs bin, trete ich fast auf einen Maulwurf.

Der Maulwurf liegt auf dem Rücken, die Pfoten, diese kleinen Grabschaufeln, liegen auf seinem Bauch. Maulwurfbraun. Bezaubernd. Tot.

Er ist viel kleiner, als ich dachte, er ist so klein wie ein Lemming.

Ausgeschlossen, dass ein Lemming in Finistère tot zu meinen Füßen liegt. Lemminge leben ausschließlich im nordskandinavischen Gebirge. Dass auf einem Weg in Finistère ein Lemming liegen soll, ist völlig unmöglich. In Finistère gibt es kein Gebirge.

Als ich ein Kind war, wanderte einmal ein Lemmingzug durch das Dorf. Tausende Lemminge hatten sich an der

Baumgrenze gesammelt und waren losgezogen, eine Karawane aus Lemmingen, von der man weder Anfang noch Ende sehen konnte.

Die Lemminge waren unterwegs aus dem Gebirge zum Meer.

Wieso die Lemminge sich aufgemacht hatten, ob es einen Leitlemming gab oder ob sie ein gemeinsamer Instinkt losgeschickt hatte, wusste niemand. Auch nicht, ob eine Hungersnot oder andere Bedrohungen der Grund war.

Warum Lemminge ihren sicheren Bau verlassen – dafür gibt es unterschiedliche Theorien, aber warum sie kollektiven Selbstmord begehen, dafür habe ich nie eine Erklärung bekommen. Denn wenn die Lemminge das Meer erreichen, halten sie sich nicht am Ufer auf. Sie bleiben nicht am Strand, bauen keine Nester in den Sand, bilden Lemmingfamilien und bekommen Lemmingkinder.

Die Lemminge gingen weiter.

Geradewegs in den Bottnischen Meerbusen.

Sie gingen geradewegs wie von einem Kompass gesteuert vom Gebirge und zum Meer. Durch Bäche, über Landstraßen und durch Dörfer. Ohne anzuhalten, wanderten die Lemminge Tag und Nacht geradewegs in den gemeinsamen Tod. Ohne dass irgendjemand wusste, warum.

Überleben ist bei Mensch und Tier der stärkste Instinkt. Dass er den Lemmingen fehlt, ist ein Rätsel.

Auf dem Weg zum Meer ohne anzuhalten hinterließen die Lemminge eine Spur von toten Lemmingen. Gnadenlos zum Meer wandernd, sahen sich die Lemminge nicht nach ihren toten Verwandten um, ließen ihre Brüder und Schwestern sterben, versuchten nicht, sie zu retten. Waren unterwegs zu dem größeren Tod, weshalb die Menge toter Lemminge, die in unserem Dorf zurückblieb, zu vernachlässigen war.

Meine Schwester und ich und die anderen Kinder schaufelten kleine Massengräber und warfen die toten Lemminge hinein. Wir sangen Kirchenlieder und bekreuzigten uns, obwohl wir Protestanten waren. Als Kind träumte ich davon, Nonne zu werden, das muss ich irgendwo gelesen haben.

Dass dieser kleine Leichnam, der in Finistère auf dem Weg zu meinen Füßen liegt, ein Maulwurf ist, daran gibt es keinen Zweifel. Alle Merkmale stimmen mit dem Bild eines Maulwurfs im *Le Petit Larousse* überein. Ich hatte geglaubt, Maulwürfe seien größer. Dass sie wie die Schädlinge aussähen, die sie sind. Dass sie groß wie ein Dachs seien oder ein Wildschwein. Nicht wie dieser wehrlose kleine Kadaver hier. Dass ein so kleines und bezauberndes Tier Ursache der Zerstörung sein kann, wie sie Maulwürfe bewirken, ist verwirrend. Ich verwünsche es.

Frühmorgens gleicht mein Garten an manchen Tagen der Ausgrabungsstätte eines prähistorischen Gräberfelds. Maulwurfhügel rings um den Stamm der Magnolie, Maulwurfhügel in Blumenbeeten und im Gemüsegarten. Maulwurfhügel auf der Wiese, vor lauter Maulwurfhügeln ist kaum Gras zu sehen. Maulwurfhügel bei den Pfingstrosen.

Lange schon habe ich daran gedacht, etwas gegen das Maulwurfproblem zu unternehmen. An einem regnerischen Sonntagmorgen im März ist es soweit.

Als ich in den Garten komme, liegen die Pfingstrosenpflanzen mit den Wurzeln nach oben. Die Maulwurfteufel haben sie von unten her umgekippt. Jetzt ist die Grenze erreicht. Bis hierher und nicht weiter.

Ich gehe nach drinnen und schlage im Internet Maulwurfbekämpfung nach. Finde ich dort keine Lösung für das Maulwurfproblem, dann gibt es keine.

Es gibt sie. Nicht eine, es gibt hunderte endgültiger Lösungen für die Maulwurffrage.

Zu den eher unschuldigen gehört, Kaugummi in die Gänge zu legen. Da der Maulwurf nicht begreift, dass Kaugummi gekaut werden muss, schluckt er ihn, der Darm verklebt und der Maulwurf wird wie ein Ballon gesprengt.

Bei einer anderen Art befestigt man am Auspuff des Autos einen Schlauch und leitet die Abgase in die Gänge. Man kann in den USA fertige Gasbomben bestellen – *Giant Destroyer Smoke Bombs*. Fallen stellen, eine grausamer und mit scheußlicheren Ködern bestückt als die andere.

Es gibt Geräuschkanonen, von deren Vibrationen es dem Maulwurf so schlecht geht, dass er stirbt.

Es gibt Maulwurfwaffen, Gewehre, Pistolen, man kann Maulwürfe mit Maulwurfraketen töten, es gibt tausend und einen Weg, Maulwürfe zu töten, aber nichts, das eine sensible Frau wie ich ertragen kann. Im Internet Informationen suchen, wie man das Maulwurfproblem löst, ist wie in ein riesenhaftes, gewundenes Nazi-Weltgehirn zu geraten, das besessen davon ist, wie man den Maulwurf vernichtet.

Ich will das Problem loswerden, aber nicht die Waffe halten.

Ich verfluche den Mann aus Moëlan, dass er das Wissen um das Maulwurfverscheuchen mit ins Grab nahm, dass er es niemandem weitergab.

Nun bleibt als einziger Monsieur H, der Eisenwarenhändler, an den ich mich wenden kann. Er hat Sonntagvormittag geöffnet. Ich fahre hin.

Monsieur H gehört zu der Sorte Geschäftsinhaber, die alles für einen Kunden tun. Dass ich ihn beharrlich Monsieur Homophil nenne, lässt er mir durchgehen.

Er hat mir mit so vielem geholfen, mit Malerfarbe, Gips, Küchenutensilien, Hyazinthenzwiebeln, Propangas, einer Blechtonne, um Äste darin zu verbrennen, mit einer Schubkarre und mit Eimern. Mit Mitteln gegen Moos, Schimmel, Farbe, Ameisen, Blattläuse. Mit Gebrauchsanweisungen und Mengenangaben.

Er hat das Sägeblatt ausgetauscht, das Problem, wie man

Ziegel wachst, gelöst, er hat mir Telefonnummern gegeben von Maurern und Dachfenstermännern. Wenn mir jemand bei dem Maulwurfsproblem helfen kann, dann Monsieur H.

Als ich bei der Eisenwarenhandlung ankomme, ist es gerade neun. Monsieur H ist damit beschäftigt, die Leitern und Körbe, Schubkarren und Gartengeräte hinauszutragen, die während der Geschäftszeit vor dem Eingang ihren Platz haben. Er ist sehr konzentriert bei der Sache, und er führt sie so sorgfältig wie immer aus.

Völlig vergessend, dass Finistèrianer alles können, nur nicht zwei Sachen auf einmal, drängele ich mich zwischen Monsieur H und eine Rolle Maschendraht, die er eben nach vorn holt.

Einem Menschen die Zeit lassen, die er braucht, um eine Aufgabe abzuschließen, gehört hier zu den fundamentalen Höflichkeitsregeln. Selbst im Supermarkt, egal wie lang die Schlange ist, sagt die Kassiererin zum Kunden, der nach seiner Scheckkarte oder nach Kleingeld sucht:

»Lassen Sie sich Zeit. Lassen Sie sich so viel Zeit wie Sie brauchen. Lassen Sie sich Zeit.«

Das Minimum an sozialer Kompetenz, das ich erworben habe, ist wie weggeblasen, ich stürze auf Monsieur H zu, rufe:

»Die Mullwürfe, die Mullwürfe! Sie helfen, Monsieur, die Mullwürfe.«

Einen Menschen aus Finistère darf man nicht hetzen, ich hetze. Monsieur H lässt sich nicht hetzen. Ich könnte selbst ein Maulwurf sein, so wenig Notiz nimmt er von mir, er hat seine Aufgabe zu erledigen und die erledigt er.

Als er fertig ist, zeigt er mit keiner Miene, dass er verärgert ist. Seine Körpersprache schreit es förmlich hinaus. Aber Monsieur H ist ein guter Mensch, er lässt der Verärgerung etwas Zeit, danach ist er wieder der gewöhnliche hilfsbereite Mensch. Bedauert, dass der sagenhafte Mann aus Moëlan verschieden ist, ohne einen Nachfolger anzulernen.

»Aber«, sagt Monsieur H, »es gibt ein Produkt.«

Bei Monsieur H gibt es immer ein Produkt. Das Produkt zum Verscheuchen von Maulwürfen besteht aus Klumpen, deren Geruch den Maulwürfen so unangenehm ist, dass sie sich aus freien Stücken trollen.

Ein Klumpen des Produkts in die Öffnung des Maulwurftunnels, und der Maulwurf ist so angeekelt, dass er seine Familie nimmt und davonrennt und nie mehr wiederkommt.

Monsieur H legt das Produkt in eine Plastiktüte und ermahnt mich, beim Auslegen des Produkts größte Vorsicht walten zu lassen. Handschuhe, am liebsten Schutzanzug. Besonders warnt er vor Feuchtigkeit. Das Produkt darf nicht feucht werden. Dann explodiert es.

Ich bedanke mich und fahre eilends nach Hause. Den ganzen Sonntag verbringe ich damit, die Klumpen auszulegen, die wie Schwefel und Sumpfgas riechen. Das Produkt wird feucht, aber ich habe Glück. Keine Explosion.

Als es Abend wird, gehe ich in Haus, durchnässt und erschöpft, aber mit dem wunderbaren Gefühl, das einem die getane Arbeit vermittelt.

Am nächsten Morgen sieht der Garten aus, als habe ihn eine Gang betrunkener Hooligans aufgeschlitzt. Von der Dorfstraße auf der Vorderseite bis zum Weg auf der Rückseite ist er aufgerissen.

Eine ununterbrochene Zickzacklinie verwüstet das gesamte Grundstück. Reste von zerfetzten Pflanzen baumeln in Büschen und Bäumen. Einige Pfingstrosenfetzen.

Es sieht aus wie nach der Schlacht von Stalingrad.

Als Madame C kommt, sage ich, der Mann mit dem Bagger sei da gewesen. Ich hätte unerwartet Geld bekommen, behaupte ich.

Madame C ist misstrauisch. Dass Monsieur G, der Mann mit dem Bagger, über Nacht kommen würde, darauf lässt sie sich nicht ein. Aber nachdem sie ihren eigenen Augen trauen muss, sagt sie, ich befände mich hier in Finistère unter einem glücklichen Stern.

»Offenkundig«, sagt sie, und an ihrer Hand blitzt argwöhnisch der Brillant. »*Évidemment.*«

## *In berechtigtem Vertrauen*

Seit jenem Tag Ende Februar, als ich Madame C versprach, ein Buch über meine erste Zeit in Finistère zu schreiben, habe ich nichts getan als anzufangen.

Ich habe mit dem Hintergrund angefangen, warum ich nach Finistère kam, dass ich dort, wo ich war, mich völlig verloren fühlte; in Afghanistan bestimmt die Länge des Bartes und zu welchem Geschlecht du gehörst, ob du dort arbeiten und leben darfst, in meinem ehemaligen Vaterland ist es das ausgeglichene Bankkonto. Aber da ich Madame C ein glückliches Buch über meine erste Zeit in Finistère versprochen habe, kann es so nicht anfangen.

Wie die ersten fünfzehn Tage für eine Pflanze müssen die ersten fünfzehn Wörter für eine Geschichte alles beinhalten, was diese zum Überleben braucht.

Wenn ich nur diese fünfzehn Wörter zusammenbekomme, dann werden sich die restlichen Wörter wie von selbst ergeben. Wenn es mir nur gelingt, diese Fünfzehnwörterschwelle zu überschreiten, ist alles klar.

Nichts ist klar. Auf der anderen Seite der Schwelle ist nichts leichter, es ist nur weiter weg vom Gefühl und näher an der Deadline. Einen Satz zu schreiben, der genau so selbstverständlich daherkommt wie das, was er beschreiben soll – vergiss es.

Ein Erlebnis in Worte fassen, ist wie eine Eidechse am Schwanz packen, den Schwanz hältst du in der Hand, aber die Eidechse ist weggelaufen.

Das Gefühl läuft weg und übrig bleiben die Wörter, diese trockenen kleinen Schwänze.

Über die Felsen am Atlantik gehen.

Über das Meer blicken. Seine Größe und Weite spüren. Die Sprachlosigkeit. Aufnehmen. Sich von dieser schwindelnden Selbstverständlichkeit auffüllen lassen.

Alles, worüber ich schreiben will, ist selbstverständlich und unbeschreiblich.

Dem gibt es nichts hinzuzufügen. Nichts nichts nichts.

Da bleibt nur, ein Buch mit dem Titel DAS GLÜCK SCHREIBT WEISS zu schreiben, was darin besteht, den Titel zu drucken und sechshundert weiße Seiten folgen zu lassen. Aber ich bin kein solcher Modernist.

Die Wickensamen, die ich an jenem Schicksalstag im Februar legte, als ich Madame C versprach, ein Buch zu schreiben, sind zu einer solchen duftenden Abschirmung aus weißen, rosa, dunkelvioletten und roten Wicken herangewachsen, wie ich es erträumt hatte.

Die Wicken sind meterhoch, aber noch ist kein Wort geschrieben.

Madame C weiß das nicht.

Wenn sie fragt, wie es mit dem Buch steht, und ich ausweichend antworte, sagt sie mit einem Lächeln *pardon*, mit dem sich Mitglieder von Geheimgesellschaften untereinander verständigen.

Sie wolle auf keinen Fall den Entstehungsprozess stören, sagt sie.

Legt ihren zarten Zeigefinger auf ihre diskret, aber perfekt geschminkten Lippen und flüstert: »*À demain*. Bis morgen, gutes Gelingen der Arbeit, *bon courage*.«

Seit ich mein Versprechen gegeben habe, ist das Paradies hin. Es ist nicht verloren, aber es hat Löcher und offenbart sich nur ab und zu.

Das Jahr verliert seine Kontinuität, Bilder flimmern isoliert vorbei – wie Einschläge zwischen den Abgründen der Leistungsanforderungen.

Finistère lebt in meinem Herzen, in den Sinnen, aber da ist es.

Sobald ich versuche, von dem Versprechen, das Buch zu schreiben, entbunden zu werden, hat Madame C es plötzlich eilig. Sie bekommt Besuch aus Polen, der Tangokurs steht an, die Söhne kommen sie besuchen, diese Söhne, von denen man nie etwas sieht. Sie greift nach ihrem Kleid, steigt ins Auto und verschwindet mit einem zerstreuten *bon courage* und *à demain.*

Ich habe Madame C kein großartiges Werk versprochen, kein Prosaepos über schwedische Emigranten im Stile Vilhelm Mobergs. Keinen richtigen Roman mit fiktiven Personen, auch wenn beim Aufschreiben alles fiktiv wird. Ich schreibe ein kleines Journal, einige wenige leichte Notizen, 150 000 Zeichen.

Etwa.

Leerzeichen eingerechnet.

In wenigen schlichten Worten, wie ich mein Finistère fand und jeden Tag finde.

Nicht zu schlicht, ich will immerhin doch eine Schriftstellerin sein.

Der erste Garten meines Lebens, einige wenige freie Bilder, Impressionen, keine Ansprüche.

Den Kopf an die Hardware lehnen und dann los mit den Eindrücken auf die CD. Sie aus dem Kopf kippen, ihn wie einen Papierkorb ausleeren, in das Gedächtnis des Computers.

Der Kopf ist voll, darin liegt das Problem nicht.

Ich habe Material für hundert, für tausend verschiedene Bücher über ebenso viele Finistère, das Material muss nur geordnet werden. Zusammengesetzt und verschmolzen aus allem, was ich gesammelt und gedacht habe. Alles was ich empfunden und getan habe, ist notiert, sorgfältig ausgedruckt oder stenografisch fixiert, alles habe ich verzeichnet, um ja nichts zu vergessen.

Stöße undatierter Notizen türmen sich auf Rückseiten von Quittungen, abgerissenen Zeitungsseiten, Verpackungen, Lampenschirmen, Haushaltspapier. Ich habe aus Zeitungen und Zeitschriften Artikel ausgeschnitten, Notizen, Anzeigen, Fotos.

Ein Bild von *le commandant* Massoud habe ich eingerahmt und aufgehängt.

An die Wände des Arbeitszimmers habe ich mit der Heftpistole Bild an Bild getuckert, Zettel neben Zettel, ich befinde mich inmitten eines Kohlkopfs aus Informationen, die ich nicht verstehe.

Alle diese mehr oder weniger unleserlichen Anmerkungen in meiner alles enthüllenden Handschrift – sie neigt sich kräftig und energisch vorwärts, um sich im nächsten Moment schnell zwei Schritt zurückzuziehen.

Alle diese Fragmente, diese Splitter von Eindrücken, aus denen ich eine Einheit machen muss, ehe sie verblassen.

Die erste Anmerkung, die ich in den Computer notierte und an die Wand heftete, ist bereits verschwunden. Dort stand:

*In berechtigtem Vertrauen darauf, dass ich es kann, fange ich neu an.*

## *Der Schrei des Papstes*

In meiner Stadt gibt es ein Kino, hier gibt es alles. Neue Filme kommen nur wenige Woche nach ihrer Premiere in Paris hierher. Eines Tages im Oktober kommt ein Film, den ich sehen will, ein Thriller.

Der Herbstregen hat eingesetzt. Ich kann mir an einem regnerischen Nachmittag nichts Schöneres vorstellen als im Kino zu sitzen und da draußen den Regen zu hören.

Als auf Neujahr zu die Filmpreise vergeben werden, wird der Inhaber der Hauptrolle, er spielt den Psychopathen Harry, den Preis für den besten männlichen Hauptdarsteller bekommen, aber das wissen an diesem Nachmittag im Oktober weder er noch ich.

Ich kaufe eine Eintrittskarte. Zeige meine *Carte de Fidelité*. Alle diese Treuekarten, die zeigen, dass man hier lebt und kein Tourist ist. Ich habe solche *Cartes de Fidelité* für den Supermarkt Shopi, für das Pflanzengeschäft Point Vert, für den Baumarkt Leroy Merlin, für die Reinigung und die Bäckerei, ich bin ein *Carte de Fidelité*-Snob. Wie die ökonomisch Kreditwürdigen ihre Kreditkarten hinblättern, suche ich, wenn ich bezahlen muss, zwischen meinen *Cartes de Fidelité*. Nach zehn Filmen sieht man den elften gratis.

Im Foyer des Kinos ist es leer. Nach einem regnerischen Tag hat es aufgeklart und die Leute tun, was man in Finistère tut – das schöne Wetter ausnutzen. Ausnutzen heißt *profiter*. Auch wenn es so ausgedrückt wird, überschreitet doch das Ausnutzen schönen Wetters nicht den Grenzwert für ungesetzliches Ausnutzen des natürlichen Reichtums der Erde.

Ich gehe hinein und setze mich. Sinke in den Kinosessel, Reihe neun in der Mitte, ich bin so erwartungsvoll wie ein

Mensch in einem Kinosessel vor einem ersehnten Film nur sein kann.

Als es losgehen soll, sitze ich noch immer allein im Kino. Einen Film vor einhundertneunundsiebzig leeren Plätzen zu zeigen, nur weil ein einziger Mensch in der Mitte der neunten Reihe sitzt, wenn auch mit *Carte de Fidelité*, das wäre absurd.

Ich bin den Tränen nahe, alle angesammelte Enttäuschung kommt hoch, eine Flut aufgestauten Kummers, von dem ich glaubte, mich längst befreit zu haben, ist auf dem besten Wege, alle Dämme zu sprengen.

»Typisch«, denke ich, »typisch, typisch, typisch.«

Frauen meiner Generation in dem Teil der Welt, aus dem ich komme, reagieren so. Als seien wir schutzloser als der Rest der Welt, der hungert und flieht, als seien wir die Opfer. Wenn wir die Schuld daran tragen, dass es so ist – meine Generation ist die schuldigste auf Erden.

Uns standen alle erdenklichen Freiheiten und Möglichkeiten offen und wir haben nichts daraus gemacht. Wir sind die Typisch-Generation, die Generation, die aufgab.

Ich stehe auf, will schon gehen, da läuft die Werbung an. Von Freude überwältigt sinke ich wieder in den Kinosessel, danke Kino.

Der Film ist der beste, seit ich in meiner Jugend Hitchcocks Filme gesehen habe. Solche glaubwürdigen Psychopathen gibt es heute nur in der Realität.

Harry gehört zu den Psychopathen, die einen nicht in Ruhe lassen, nicht während des Films, nicht anschließend.

Was macht ihn zum Mörder? Was ist das für ein Mangel, ist der erworben oder angeboren? Es ist schade um Harry, er ist verrückt und lebensgefährlich. Es ist schade um den, der an Harry gerät, es ist so schade um alles und alle, dass man verrückt werden kann, und Harry ist es.

Im Film gibt es eine Szene, es ist Nacht, er fährt allein in seinem Mercedes durch die Dunkelheit, nur die Scheinwerfer bohren ihre Löcher in die Schwärze, er hat gemordet und er ist unterwegs, um wieder zu morden.

Etwas ist ihm entgegengetreten, etwas ist falsch, alles ist falsch. Er tritt das Gaspedal durch, beschleunigt den Wagen zu immer höherer Geschwindigkeit.

Immer schneller und schneller fährt er, das Gesicht ist verzerrt, das Auto rüttelt, er rast so schnell man mit einem neuen Mercedes rasen kann durch die Dunkelheit, und er schreit.

Direkt hinaus in die Nacht brüllt er, und das Gebrüll ist roh und wahr.

Das ist mehr als das Gebrüll des Psychopathen zwischen den Morden, das ist nicht nur Harry, der auf der Filmleinwand brüllt. Der Wahnsinn der Welt brüllt, das Böse, das Urgebrüll der Gewalt ist es, des Waffenhandels und der Waffen.

Alles, woraus nichts wurde, das Böse, das ich getan habe, das Böse, das meine Generation getan hat, indem sie nichts getan hat.

Das Gebrüll ist wie der Schrei auf Gemälden von Francis Bacon, wo Päpste eingesperrt sitzen und schreien. Alle diese Stellvertreter Gottes auf Erden mit Blut an den Händen, diese Innozenz' und Johannes Pauls. Meine Generation hätte dem Guten etwas den Vorrang geben können, wenigstens eine Kleinigkeit tun können, aber nicht einmal das taten wir, und das Blut an unseren Händen ist frisch.

Es gab eine Öffnung, aber wir ließen sie wieder mit Blut auffüllen, wir taten nichts, und es gibt kein größeres Verbrechen, gibt nichts Schlimmeres, als zu wissen und nichts zu tun. Wir hatten alle Möglichkeiten und behielten sie für uns. Ließen sie verstreichen.

Der Schrei ist unserer, er ist meiner, das Böse, das Faulheit, das Egoismus ist. Ich gestalte meinen Garten, ich genieße, und andere lasse ich untergehen.

Kinder unter Drogen werden mit Maschinengewehren in

der Hand in Stammeskriege geschickt, schmutzige Kinder sitzen in dreckigen Kellern auf dem Boden und stellen Turnschuhe her, Kinder, die hungern und ausgenutzt werden – es ist ja nicht so, dass ich nicht informiert wäre.

Ich weiß es, alle wissen es, alle haben wir die Fotos gesehen, die vielen Bilder und die einzelnen: ein Foto afrikanischer Kinder, die Eltern sind an Aids gestorben, es ist ein Gruppenbild. Die Kinder sind genau so aufgestellt und sehen mit denselben Gesichtern in die Kamera wie die Kinder auf den Fotos der Armenhäusler aus Großmutters Kindheit, dieser konstatierende Blick, er ist nicht bittend, was sollte auch erbeten werden?

Wen sollen sie bitten?

Die Schwachen, die Unterlegenen sind dieselben wie zu Großmutters Zeit, meine Generation hat nichts daran geändert, auch wir ließen es geschehen, nicht nur in Afrika, wir lassen es auf der ganzen Welt geschehen, lassen es so weiterlaufen.

Wir hatten als einzige Generation alle Möglichkeiten, wir hatten den Überblick, wir hätten Vergangenheit und Zukunft im Blick haben können, anders als Großmutter und anders als die Generation meiner Mutter, die sich das Alte unterwarf, weil ihr das Armenhaus noch zu nahe war.

Meine Generation bekam alles, die Antibabypille und die Jobs, die helle Zukunft. Meine Generation nahm die Zukunft und teilte mit keinem, wir nahmen sie für uns selbst, sorgten für unsere Renten. Stahlen den Nachkommenden die Zukunft – aus Faulheit und Egoismus, wir verwalteten das Geschenk nicht, wir rafften alles an uns, das wir in die Hände bekommen konnten, wir veruntreuten die Zukunft.

Wir hätten etwas tun können, ich weiß, dass es möglich gewesen wäre, es war eine Zeit mit Möglichkeiten, ein Augenblick in der Geschichte der westlichen Welt, den wir verstreichen ließen.

Meine Generation ist eine Generation von Psychopathen – das Leiden anderer ist für uns nicht real, wir spüren es nicht, es gibt nur uns und unser: *Typisch.*

Im Schrei des Psychopathen zeigen wir unser wahres Gesicht, das schwarze Loch im Gesicht, wir schreien, weil wir wissen, was wir getan haben, die Schuld schreit, unsere, die Schuld eines jeden von uns.

Ich sitze in der Mitte von Reihe neun und bin erschüttert.

Zu wissen, wie tief die Schuld sitzt und trotzdem in den Sonnenschein hinaus gehen, mit seinem Auto durch die Dörfer fahren, nach Hause, zum Meer, sich seinem Haus nähern, ein Haus haben, dem man sich nähern kann, seinen Beitrag an Ärzte ohne Grenzen überweisen, seinen Groschen in die Kollekte werfen, in all der Sinnlosigkeit glücklich leben – denn das Gegenteil wäre noch sinnloser.

Ein schreiender Papst bin ich, ich bin der Psychopath, der mein Auto fährt.

Es fängt wieder an zu regnen.

Der Regen fällt in dicken grauen Tropfen, und vor Ende Februar wird er nicht wieder aufhören.

Vier Monate lang werde ich die Sonne nicht sehen.

Das weiß ich nicht, als ich aus dem Kino nach Hause komme, aber ich spüre es. Die Sintflut kommt, und meine Generation ist schuld.

## *Die Sintflut – le déluge*

Es regnet.

Ein Dauerregen, der den ganzen Herbst anhalten wird, an Weihnachten, Neujahr, im Januar, Februar, und noch bis in den März hinein. Ein Regentag wird auf den anderen folgen, es wird regnen, wie es noch nie zuvor in Finistère geregnet hat.

Keine Langzeitprognose hat die Sintflut in meinem ersten Winter in Finistère vorhersagen können. Noch nie, seit man die Niederschläge misst, hat es so viel geregnet – diese *pluviométrie exceptionelle* meines ersten Winters.

Madame C und ich glauben nicht an Wettervorhersagen.

Sie, weil sie am Meer geboren wurde, ich, weil ich aus Mittelnordschweden mit Binnenland und Hochgebirge komme. Beide stammen wir aus Gegenden, wo das Wetter macht, was es will, ganz egal, was im Wetterbericht angekündigt wird.

Als ich Kind war, konnte wie ein Blitz aus heiterem Himmel ein heißer Sommertag kommen. Meine Schwester und ich planschten zwischen Elritzen im Mühlenteich, mit Libellen, die über uns fliegen, mit einem Himmel so metallisch blau wie ein Libellenflügel, und dann plötzlich frischt von einer Sekunde auf die andere ein so eisigkalter Wind auf, dass wir nie mehr aus dem Mühlenteich steigen können, denn dann erfrieren wir.

So ist das.

Unzuverlässig und gewalttätig.

Der Zeitraum für die Vegetation ist kurz bemessen. Kurz und auf erschöpfende Weise intensiv.

Wenn das Licht kommt, ist es total. Geschockt schlagen die Pflanzen aus der Kälte aus, aus der mageren Erde. Sie wachsen hastig, die Zeit ist so kurz.

So viel Licht in der kurzen hellen Zeit und so lange so viel Dunkelheit.

Wird es ein sonniger Sommer, muss er gehortet werden, eingelegt, getrocknet, ausgenutzt, so dass man in all den anderen Jahren etwas davon hat.

In einem solchen Klima herrscht eine berauschende Hast.

Alles muss ausgenutzt werden, nichts darf verloren gehen, kein blaues Leberblümchen, kein Pilz.

Wenn in einem Sommer die Gebirgswinde jenseits der Baumgrenze bleiben, in einem so sonnigen und seltsam kostbaren Sommer, gibt es nichts, das wunderbarer wäre als ein Dorf in dem Teil der Welt, in dem ich geboren wurde. Keine Farben, ähnlich stark, keine Düfte, so gesättigt, keine Walderdbeeren so süß, wie Korallen auf Grashalme aufgefädelt. Die Zweige der Johannisbeerbüsche biegen sich unter den Trauben der schwarzen Beeren, der Duft der Johannisbeerbüsche, der kräftige, gefährliche Duft der Blätter von Schwarzen Johannisbeeren, alles muss tief eingesogen werden.

Wunderbar und lebensgefährlich ist es, weil so trügerisch launenhaft und flüchtig.

Ein Mensch muss starke Nerven haben, um dort oben leben zu können.

Die Seele muss stark sein, um das erbarmungslose Sommerlicht und die brutale Winterdunkelheit auszuhalten.

Mittsommerlicht, das sich urplötzlich in fünfunddreißig Grad Kälte verwandelt. Dunkelheit, Tag und Nacht, monatelang.

Der Atem gefriert in der Nase, im Mund, in den Lungen.

Die Haut wird von der Zunge gerissen, man kann in der Kälte nicht sprechen, die Worte erfrieren.

Es gibt keine Gemeinschaft, das Dorf kennt kein Wir – das geht nicht. Alles wird eingeschlossen.

Die Menschen hocken mit ausgestreckten Händen um den Ofen, und der Ofen wird nie heiß genug, obwohl er glüht.

In solchen Breiten gibt es keine Ruhe. Nur die Besten können dort leben.

Die es schaffen, dort zu leben, sind nicht weniger empfindlich als andere, im Gegenteil, sie sind die empfindlichsten. Mit geschärften Sinnen finden sie auf der abgeholzten Fläche die Speisemorchel, die Orchideen – Schwarzes Kohlröschen, rotbrauner Frauenschuh –, im Moor die Multebeeren, im Wald die Blau- und Preiselbeeren. Sie sind es, die alles hereinholen und in Nahrung und Energie verwandeln können, um damit den Winter zu überleben.

Die auf solcher kalten Erde leben, haben die Fähigkeit oder sie müssen sie sich aneignen, eine jede Blütenknospe, jede Kartoffel, jeden Sonnenstrahl, jeden Tropfen lauen Sommerregens in ihrem Gedächtnis zu lagern und zu bewahren.

Im nächsten Jahr erfrieren die Kartoffelblüten und die Gerste wird schwarz, im nächsten Jahr schneit es in der Mittsommernacht. Oder im selben Jahr. Alles kann jederzeit abgebrochen werden.

Die Erwachsenen des Dorfs, in dem ich aufwuchs, waren alle Sklaven des Wetterberichts.

Alle wussten, dass er nie richtig war, aber man durfte ihn nicht verpassen.

Der Wetterbericht war ein Ritual, an dem alle teilnahmen, es war wie der Gottesdienst im Radio für die Christen, wie die Gebetszeiten für die Muslime.

Den Wetterbericht durfte man nicht verpassen.

Wer das tat, landete außerhalb der Dorfgemeinschaft, die schlimmste Strafe, die einen Dorfbewohner treffen kann, nicht das allen Gemeinsame zu teilen. Die Bitterkeit, in einer von den Wettermächten so benachteiligten Zone zu leben, gehörte zu den stärksten Ingredienzien der Dorfgemeinschaft, als ich Kind war. Neid und Eifersucht auf andere, weil sie dort geboren werden und leben dürfen, wo Apfelbäume blühen.

Diese Bitterkeit schuf Zusammenhalt, ohne sie hätten sich

die beiden Lager des Dorfs, aus denen alle Dörfer bestehen, längst gegenseitig vernichtet.

Ein jeder, der in einem Dorf aufgewachsen ist, weiß, was für ein Kosovo jedes Dorf ist, es braucht nicht mehr, als dass einer ein Blütenblatt auf dem Feld eines anderen fallen lässt.

Dank des Wetterberichts flammen diese Fehden nicht auf.

Das für alle gleiche, Frieden stiftende Wetter.

Madame C hat immer in Finistère gelebt.

Sie ist hier geboren, ihre Eltern und die Eltern ihres Vaters leben hier seit vier Generationen. Der Vater ihrer Mutter war Fischer und ertrank draußen bei Pointe du Raz, wo Notre-Dame-des-Naufragés steht, die Madonna der Schiffbrüchigen.

Wo ich Kind war, gab es kein Meer. Nur das Oviksgebirge, und der Vater meiner Mutter starb im Krankenhaus.

Das Meer draußen bei Pointe du Raz ist das gefährlichste der ganzen Küste, das gefährlichste Europas. Draußen vor Finistère sind die Fahrrinnen der Tanker, in denen das Öl aus den Ursprungsländern verschifft wird, mindestens jedes zweite Jahr erleidet ein Tanker Schiffbruch.

Der Öltanker *Erika* erlitt nicht weit von hier während des großen Sturms Weihnachten 1999 Schiffbruch, im Jahr des Ungeheuers, dem Jahr, ehe ich hierher kam.

An den Stränden findet man noch immer Spuren von Öl. Wenn man barfuß geht, bleibt das Schwarze an den Füßen kleben. Noch immer sterben Vögel. Aber die Austern haben keinen Schaden genommen, und Blaumuscheln und Schnecken, die laut Madame C essbar sind, bedecken die Klippen unterhalb meines Hauses.

Alles bekommen die Menschen geschenkt! Diese grenzenlose Großzügigkeit, dieses freigebige Finistère.

Der Regen in Finistère im Winter zweitausend auf zweitausendeins ist ohnegleichen, nie hat jemand so etwas erlebt. Die Tage selbst bestehen in diesem Winter aus Regen, die

Häuser sind aus Regen, die Gärten, die Bäume, und aus dem Wasser des Atlantiks wird von all dem Regen Brackwasser.

Die Felder liegen unter Wasser, die Feuchtigkeit kriecht in die Häuser. Bücher und Zeitungen quellen, im Drucker findet das Papier keinen Platz.

Morlaix und Quimperlé werden von den Städten, die ich kenne, zuerst und am schlimmsten betroffen, Städte, in denen ich auf dem Weg zu meinem Finistère gewohnt habe. Die wunderbaren niedrig gelegenen Städte mit ihren Flüssen und Viadukten.

In Pont-Aven, der Stadt der Künstler, werden Sandsäcke als Barrikaden vor Schaufenster und Türen gelegt, überall verbarrikadiert und pumpt man, ohne dass es hilft.

Mein Dorf ist nicht von Überschwemmung bedroht, aber es regnet in meine Küche und in die der Nachbarn. Fegt der Regensturm vom Meer herein, muss ich meine Küche mit einem Topf ausschöpfen. Ich habe versucht, oberhalb der Fenster, wo der Regen eindringt, abzudichten, aber das Silikon, das mir der Eisenhändler Monsieur H zum Abdichten gegeben hat, hält nicht, es ist zu weich.

Ich schöpfe die Küche aus und klage nicht.

Eines Tages während der schlimmsten Überschwemmungsperiode beschließe ich, meine Wasserrechnung in Angriff zu nehmen, diese gigantische Wasserabrechung für meinen ersten Herbst in Finistère.

Ich fahre nach Quimperlé und suche nach dem für das Wasser verantwortlichen Amt. Wie immer in Finistère werde ich von einem Amt zum nächsten geschickt, zuvorkommend freundlich und bemüht zu helfen, wie ich es hier immer erlebe. Ich werde falsch weitergeschickt, aber weitergeschickt. Von der Steuererhebungsbehörde, wo ich die Rechnung bezahlen kann, aber nicht will, denn ich lege Widerspruch ein, zum Gemeindebüro, zum Sozialamt und zur Polizei.

Während in Quimperlé das Wasser steigt, schickt man mich mit meiner Wasserrechnung herum.

Am Ende lande ich in einer Baracke vor der Stadt, wo ein Warnschild besagt *Inondation* – Überschwemmung.

Die Baracke gehört zum Ministerium für Arbeit und Solidarität, ich bin im Büro für Gesundheit und Umwelt, Wasserabteilung. Während ich warte, lese ich an der Wand die Anschläge mit Informationen zum Wasser in Finistère, die Wasserqualität ist gut.

Das Wasser wurde 54 bakteriologischen Analysen unterzogen, die alle innerhalb der Grenzwerte liegen.

Die Nitratmenge des Leitungswassers variiert zwischen 19–41 mg/Liter. Der Maximalwert von 50 mg/Liter wird nirgends überschritten.

Der Kalkgehalt des Wassers ist gering, ebenso der Fluorgehalt.

Eine einzige kleine Überschreitung, schwach und kurzzeitiger Natur, wurde im Oktober notiert und gilt Pestiziden aus der Landwirtschaft.

Ansonsten ist mit dem Wasser in Finistère alles in Ordnung.

Davon, dass der Preis hoch ist, steht auf den Informationstafeln nichts, auch nicht, dass meine absurde Wasserrechnung korrekt ist.

Ich kehre zurück zur Steuererhebungsbehörde, bezahle die Wasserrechnung und verlasse die überschwemmte Stadt.

Ich fahre nach Hause, an den Feldern vorbei, die unter Wasser stehen, und schöpfe meine wassergefüllte Küche leer.

Es hätte schlimmer sein können, es hätte sein können wie in Morlaix, es hätte wie in Quimperlé sein können, die Ärmsten.

Am 15. Dezember steht das Zentrum von Quimperlé unter Wasser. Die Brücken sind überschwemmt, in den Häusern steht das Wasser bis zur ersten Etage.

Die Überschwemmung von Quimperlé ist landesweit in den Nachrichten.

Wie hoch das Wasser inzwischen steht, ist Abend für Abend die wichtigste Nachricht.

Eines Abends kommt ein Beitrag über die Buchhandlung von Quimperlé. Der Buchhändler ist blass, abgemagert. Hat es sicher auch ohne Überschwemmungskatastrophe schwer genug, den Buchhandel am Laufen zu halten.

Zwischen den Buchregalen steigt das Wasser.

Bei den Absperrungen stehen die Menschen in Gruppen, still. Nur das Wasser ist zu hören.

Keine bellenden Hunde, keine spielenden Kinder, keine Autos auf den Brücken. Geschäfte, Bank, Post, alle geschlossen. Überall Wasser.

Alle wollen helfen, aber was soll man tun? Hilflos sehen wir uns gegenseitig an, bei den Barrikaden.

Minister machen Besuche. Jacques Chirac übermittelt seine Anteilnahme, *le président de la République*.

Die Gegend wird zum Katastrophengebiet erklärt.

Die Einwohner werden mit Booten aus ihren Häusern evakuiert.

Die Nachrichten zeigen Abend für Abend Bilder von Menschen in ihren Häusern, bis zur Taille im Wasser. Ertrunkene Gärten. Auf Beton gestapelte Möbel. Das Klavier von irgend jemandem.

Fliesen lösen sich vom Fußboden, jemand weint in seiner ruinierten Küche.

Tote Schwäne treiben mit dem Bauch nach oben durch die Zimmer.

Wo Kinder spielten, quaken Frösche.

Ein Frau sitzt in einem Rettungsboot, weint verlegen, sie hält ein Glas in Händen, in dem ihr Goldfisch schwimmt.

Feuerwehrleute, Soldaten und Zivile pumpen, aber mit den Fluten wird niemand fertig.

Das Wasser steigt.

Wiesen und Äcker sind durchnässt, die Erde kann keinen Regen mehr aufnehmen, keinen Tropfen mehr. Noch nie, seit die Messungen der Niederschläge eingeführt wurden, ist so viel Regen gefallen.

Theorien über die Ursache der Katastrophe werden vorgelegt und verworfen.

*Ich will eine Sintflut mit Wasser kommen lassen auf Erden, zu verderben alles Fleisch, darin ein lebendiger Odem ist, unter dem Himmel. Alles, was auf Erden ist, soll untergehen. [1. Mose 6.17]*

Warum ausgerechnet Finistère?

*Das Böse gedeiht an feuchten Stellen* das ist das Motto des Buchs, das ich lese, Der Regenroman. Ein deutsches Buch. Das Böse gedeiht nicht in Finistère, aber die Frustration.

Finistère trägt nicht mehr Schuld an der Zerstörung der Erde als der Rest der Welt – und trotzdem wird es bestraft – warum?

Es gibt keine Antwort, kein Begreifen. Der Regen regnet und die Gezeiten nehmen keine Rücksicht.

Es gibt nichts, das man tun könnte.

Das Wasser steigt, so lange es steigt. Es ist zu spät, um Dämme zu bauen. Ein schwedischer Ingenieur hat eine Methode entwickelt, Überschwemmungskatastrophen abzuwenden, aber die lässt sich nicht anwenden, so lange die Katastrophe anhält.

Man kann nichts tun, und es gibt niemanden, den man zur Rede stellen könnte.

Es gibt niemanden, der vor Gericht gestellt werden könnte, es gibt nichts, wogegen protestiert werden könnte.

Im März tritt die Somme über die Ufer. Abbeville wird überschwemmt, Abbeville in der Picardie.

In Abbeville wird die Frustration so groß, dass man jemandem die Schuld zuschieben muss. Anders lässt sich nicht aushalten, was geschieht. Das Gerücht beginnt zu kursieren, das

Gerücht von Paris. Dass die Hauptstadt auf Kosten der Provinz begünstigt wird, so ist es ja überall. Aber damit die Seine frei abfließen kann, die Somme dafür bezahlen zu lassen, das ist zu viel.

So darf es nicht zugehen.

Jemand zu haben, auf den die Schuld geschoben werden kann, ist ein Menschenrecht, dennoch werden die Gerüchte dementiert. Für die von der Überschwemmung Betroffenen gibt es keinen Trost. Ich will für meine Generation und ihre Versäumnisse um Entschuldigung bitten, auf die Knie fallen und beten, aber was hilft eine Entschuldigung, wenn der Schaden geschehen ist.

Meine Beete sind lauter Marianengraben, dunkle Tiefen. Blumenzwiebeln vertragen alles, nur keine lang anhaltende Nässe, keine lebendige Zwiebel kann die Sintflut dieses Winters überlebt haben.

Ich trauere um meine *Crocus korolkowii*, die Dichternarzissen, die kostbaren *Tulipa sprengeri*.

wie sie hier die Straßen begleiten, eine dieser wunderbaren Landstraßen, die in Finistère die Landschaft durchziehen.

Langsam fahre ich durch das Violette, vergesse eine Weile, warum ich hier und worauf ich aus bin. Wie auf einer Höhlenzeichnung stehen einige Rehe vor dem braunvioletten Hintergrund des Waldes. Als sie das Auto hören, geht ein Beben durch sie und sie verschwinden ultraschnell in das Violette.

An der Straße liegt einer dieser einzelnen Steine, den ich mir ausgesucht habe.

Ich parke das Auto am Straßenrand. Gehe zum Stein. Hebe ihn hoch. Wäge ihn in Händen, spüre ihn. Streiche mit den Händen über die sanfte Oberfläche, streiche mit den Händen meiner Großmutter über den Stein hier in Finistère.

Ich stehe mit dem Stein in der violetten Landschaft. Einen Augenblick verharre ich so, dieses Sandkorn in der Ewigkeit, diese unglaublich langsame Bewegung im Stein.

Ich sehe nicht nach vorne und nicht zurück.

Bin einfach.

Der Stein und ich und Finistère.

Der Augenblick ist vorbei, als ein Auto zu hören ist, das näher kommt.

Die Scheinwerfer beleuchten die Straße, dort stehe ich im Scheinwerferlicht mitten auf der Straße mit dem Stein.

Für den Bruchteil einer Sekunde wie gelähmt, dann reagiere ich. Wie ein Tier, instinktiv und reflexartig. Werfe den Stein in den Straßengraben, springe ins Auto und fahre mit schmutzigen Händen davon, das Auto voller Schuld.

Am nächsten Tag regnet es wieder, ich fahre los und hole meinen Stein.

## *Austern*

Während der Regenperiode besucht mich L für eine Weile, eine begabte junge Frau, die außerdem noch sehr schön ist. Wenn sie will, kann sie wunderschön sein, als ich sie am Zug abholte, kam vor allem ein großer Rucksack an.

L hat Wurzeln in derselben steinigen Erde wie ich, ihre Mutter und meine Schwester waren in der Dorfschule Klassenkameraden.

L hat sieben Jahre in der Bretagne gelebt, in der Nähe von Rennes, bei ihrem Freund, und sie weiß, wie bitterkalt ein Haus in diesem Teil der Welt im Winter sein kann.

Sie sagt, mein Haus sei ein warmes Haus.

Von allen Komplimenten, die ich in meinem Leben bekommen habe, ist dieses das schönste.

Eine Weile habe ich auch schön ausgesehen, aber das kam so spät und war so schnell vorbei, dass ich nie Freude daran hatte. Die Komplimente, die ich bekam, verstand ich nicht, das plötzliche Interesse, dessen Ziel ich war, fand ich pervers. Ich war doch so hässlich.

Und jetzt sagt L, mein Haus sei warm, und ich glaube es ihr. Es erfüllt mich mit Stolz und Selbstachtung.

Ich habe ein warmes Haus.

Den Genuss, ein warmes Haus zu haben, versteht nur, wer dort aufgewachsen ist, wo Winter monatelang minus dreißig Grad und mehr bedeutet. Ein warmes Haus ist ein Genuss und ist Luxus.

L will zum Lunch Austern haben. Austern sind in Finistère kein Luxus, die sind hier alltägliches Essen wie Crêpes und Blutwurst.

Es regnet, wir machen uns auf, um Austern zu kaufen, diese

entfernten Verwandten von damals, als sich die Menschen auf die Hinterbeine stellten, immerzu dieser selbstverständliche Kannibalismus. Wo man auch Grenzen zieht; etwas muss immer ermordet werden. Nicht einmal der rücksichtsvollste Retter der Welt kann vermeiden, Wasser mit seinen Milliarden lebendiger Mikroorganismen zu trinken. Diese Grenzen und ihr Überschreiten!

Wir gehen zum Hafen. Der Hafen in meinem Dorf hat die besten Austern des Landes. Nicht die größten, aber die köstlichsten, die am meisten nach Meer schmecken. Wenn berühmte Menschen und Touristen in Paris im La Coupole Austern essen, kommen die Austern vom Hafen, wo ich wohne, oder vom Hafen, wo Mademoiselle J wohnt, Mademoiselle J ist mit Austern aufgewachsen.

Sie ist nur wenige Jahre jünger als L, aber L ist unendlich viel älter. Da, wo wir herkommen, ist das so, man wird alt geboren. Keiner wagt im Winter geboren zu werden, der Frühling ist zu kurz und der Sommer viel zu *skälen*, die Betonung auf der ersten Silbe und mit hartem k, zu kostbar.

Alles was fein ist und vergänglich, war für Momma und ihre Generation *skälen*. Durfte nicht benutzt werden, denn dann würde es verbraucht sein. Alle Sonntagsschürzen Mommas, mit Hohlsaum gestickt, die Paradehandtücher. Wie das Brautlaken von Tante Regina. Warum aus Tante Reginas Hochzeit nichts wurde, weiß ich nicht. Weil das Brautlaken zu *skälen* war, oder ob der Bräutigam einer von den anderen war, wie bei Romeo und Julia.

Wie es um die Festtagsschürzen in Finistère steht, weiß ich nicht, ob sie noch im Schrank liegen, den großen selbst getischlerten Schränken mit den Silberbeschlägen.

L und ich wissen, wo wir herkommen, und wohin wir unterwegs sind. Wir sind unterwegs zum Hafen, wo es zwölf Sorten Austern gibt und noch ein paar mehr.

Der Mann, der Austern verkauft, hat nur ein Auge. Mit

dem gefährlichen Blitzen des Meeres in seinen Augen ist er flott wie ein Seeräuber.

Er erkennt mich wieder, »*bonjour* Madame, Sie haben im letzten Sommer hier unten gewohnt.«

Das war ich. Das bin ich.

Ehe ich die Schlüssel zu meinem Haus bekam, mietete ich ein Häuschen am Hafen neben den Austernbänken. Im Sommer zweitausend wachte ich dort ein paar Wochen mit dem Nebelhorn und den Gezeiten auf, mit Schiffen, die bei Flut auf dem Wasser schwammen und bei Ebbe auf dem Meeresboden ruhten.

Meine Mahlzeiten aß ich auf dem Gras bewachsenen Dach des Häuschens, dort saß ich und blickte über den Atlantik, der bis zu den Inseln St. Pierre und Miquelon vor Nordamerika keinen Strand mehr hat.

Der Hafen ist einer der vielen Gründe, warum ich hier nie mehr wegziehen werde. Die schroffen Hänge, im Spätsommer die Heide, und die Forsythien – dieses Gelb, das im Frühling wie Feuerwerk über den Hängen ausschlägt. Die Klippen. Die Küstenwege, die sich über Abhänge und Böschungen und am Wassersaum entlang ziehen.

Mein Hafen. So ein schönes Wort.

L bittet den Austernmann, die Austern zu öffnen. Sie meint, Büchsenöffner taugten dafür nicht. Büchsenöffner taugen dazu, eine Dose Surströmming zu öffnen. Wo wir geboren wurden, bekam man Surströmming mit der Muttermilch, deshalb sind wir zwei auch so schön.

Der Austernmann öffnet die Austern unter einer Bedingung: Wir müssen sofort damit nach Hause gehen.

Wenn wir uns das Leben nehmen wollen, müssen wir das selbst tun, sagt er und lacht mich genau so an wie L. Öffnet die Auster. Legt sie rasch und mit sicherer Hand, die perlmuttern schimmernde Schale aufwärts, gegen ein erdgrün glänzendes Tangbüschel in einen geflochtenen Spankorb.

Da entsteht ein Stillleben eines Zeitgenossen Vermeers, ein Gemälde aus dem Goldalter der Niederlande.

Als wir die Austern bezahlen wollen, dürfen wir das nicht.

Die Austern sind ein Geschenk an L.

»Weil sie so schön ist«, denke ich, schön und jung, aber als ich nachdenke, bin ich mir sicher, dass auch ich meine Austern auf Tang bekommen hätte. Weil ich in dem Häuschen am Hafen gewohnt habe und weil ich eine Fremde bin, die nach Finistère gezogen ist.

»*Merci*«, sagen wir.

»Wie freundlich, danke für die Austern, *Monsieur l'huitre.*«

»Nichts zu danken«, sagt der Austernmann, und es blitzt in seinem Auge.

»*De rien.*«

## *Zen*

In einer Ecke des Gartens ist die Erde hart wie Granit. Den ganzen Winter über hat diese Ecke unter Wasser gelegen. Dunkle Wasserflächen wurden von den Stürmen gekräuselt, hier wogte ein kleines schwarzes Meer. Alle Arbeit, die ich im Oktober darauf verwendet hatte, um Blumenzwiebeln zu pflanzen, ist vertan. Ganz umsonst kniete ich hier in meinen Regensachen und versuchte zu entscheiden, was bei den Narzissenzwiebeln oben und unten ist.

*Narcissus poeticus.*

Keine Dichternarzisse hat dieses Wasser überleben können. Blumenzwiebeln verfaulen in Nässe, die Zwiebeln überleben alles, nur längere Zeit in Feuchtigkeit liegen, das vertragen sie nicht. Blumenzwiebeln heißen *bulbe*, das Wort, das ich benutzte, um in dem teueren Einrichtungsgeschäft Glühbirnen zu kaufen. Diese Wörter, die mich verfolgen.

Der Winter hat meine Zwiebeln vernichtet, und der Frühling gibt keine Hoffnung. Nicht in diesem Teil des Gartens. Mit dem Wind, der die Wasserpfützen trocknet, kommt die Frühlingstrockenheit. Die Erde wird steinhart, Risse entstehen in der Kruste. Diese Ecke ist zu einer Steinwüste geworden.

Als ich einige Maiglöckchen einpflanzen will, entdecke ich, wie steinhart der Boden ist. Die Pflanzen hat mir Madame C geschenkt, damit ich am ersten Mai blühende Maiglöckchen habe, das ist hier Usus.

Als ich das Loch für die Maiglöckchen graben will, dringt der Spaten nicht in die Erde. Ich packe ihn und haue damit wie mit einem Vorschlaghammer auf die Stelle, an der ich das Loch machen will, aber da bricht er ab. Das einzige Werkzeug, mit dem sich so harte Erde bearbeiten lässt, ist eine Brechstange. Einen Stückchen Erde aufzuhacken, das groß genug ist, um die Maiglöckchen hineinzupressen, erfordert meine ganze Kraft und noch mehr, denn sie müssen Platz haben, um sich vermehren zu können, wie Maiglöckchen das tun. Im nächsten Jahr können hier zwei Maiglöckchenpflanzen stehen, ich hacke drauflos.

Wäre Madame C hier, würde ich sagen *voilà*.

Inmitten der Steinwüste stehen drei große Steine. Die Form der Steine und ihre Platzierung zeigen, dass nicht die Natur sie dort hingestellt hat, jemand, der vor mir einen Garten gehabt hat, muss das getan haben. Etwas weit auseinander. Mit der Brechstange als Hebel gelingt es mir, die Steine näher zueinander zu schieben.

Finistère ist voll von Menhiren, Bautasteinen. Die Wissenschaftler wissen nicht, was die Steine zu bedeuten haben, was sie beweisen, außer der Fähigkeit der Menschen, Steine zu versetzen. Ohne Zweifel wurden die Steine von Menschen aufgestellt, und zwar vor sehr lange Zeit, zwanzigtausend Jahren und mehr.

Möglich, dass die Wiege der Menschheit in Finistère stand.

Dieser Teil des Gartens liegt auf der Rückseite des Hauses, denn wenn es auch keine Rückseiten gibt, ist trotzdem die Vorderseite des Hauses zur Dorfstraße hin gelegen, und die Rückseite ist die mit der Garage.

Der Weg, der vorbeiführt, endet dort, die nächsten Nachbarn benutzen ihn, um zu ihren Häusern zu kommen, der Bauer fährt darauf mit seinem Traktor, das ist alles. Ein paar hundert Meter von meinem Haus entfernt liegt dieser Weg; er ist einer all der wunderbaren Wege in Finistère, er führt ins Grüne hinter meinem Haus. An den Wochenenden kommen Ausflügler mit Karten und Kompass vorbei und verschwinden im grünen Tunnel des Wegs.

Da ich nicht auf der Durchreise bin, sondern hier ansässig, kann ich mit dem Wandern warten. Den Weg gibt es, den hat es hunderte von Jahren gegeben, den wird es geben. Der Weg ist.

Während mein Steingarten wird. Statt die granitharte Erdkruste aufzuhacken, Erde und Dünger aufzufüllen, Beete und Gartenland anzulegen, mache ich es umgekehrt. Trage Steine dorthin, fülle mit Kies auf. Auf einer Postkarte aus Japan habe ich einen solchen Garten aus Sand gesehen, sorgfältig ausgestreuter und mit der Harke bearbeiteter Sand. Einen Zengarten, nicht weit entfernt von Nagasaki. Einen solchen Garten lege ich in dieser Ecke an.

Monsieur Le R, an den ich trotz allem oft denke, wohnt nicht weit von Lorient entfernt. Eine Stadt mit ungefähr siebzigtausend Einwohnern, die am Ende desselben Weltkrieges dem Erdboden gleichgemacht wurde, hinter den die Bomben auf Hiroshima und Nagasaki den Schlusspunkt setzten.

Lorient ist auch weiterhin ein militärisches Ziel mit hoher Priorität.

Im Falle eines Kernwaffenkriegs ist es nicht gut, so nahe bei Lorient zu leben, sagt Monsieur Le R. Aber gäbe es heute einen Atomwaffenkrieg, so spielten ein paar hundert Kilometer hierhin oder dorthin keine größere Rolle, da ginge nicht nur Monsieur Le R's an Finistère angrenzendes Departement in die Luft, da würde ganz Finistère vernichtet und der anhängende Erdball gleich mit.

Schande über den, der vor der Zukunft Angst hat. Ich lege meinen Zengarten an. Über die Ruhe, die in einem Sandkorn liegt, werde ich dann bei meinen Menhiren jeden Tag nachsinnen.

Einen Bambuszaun anlegen, der meinen Zengarten vor den Blicken Fremder schützt, ist das schwerste, was ich getan habe, seit ich nach Finistère gekommen bin. Sobald der eine Teil steht, fällt der andere um und umgekehrt. Der Bambuszaun legt sich auf die Erde, er windet sich in ganz unvorhergesehene Richtungen, er legt sich quer, ist listig, eigenwillig.

Das wird nie etwas, denke ich, aber schließlich gelingt es mir, ihn mit Hilfe der dicken Schnur, die ich auf Monsieur Le R's Rat hin stets zur Hand habe, aufzustellen. Glücklich betrachte ich meinen schiefen Bambuszaun. Ich habe es gepackt.

Es gibt Augenblicke, da denke ich an Monsieur Le R, es gibt Gelegenheiten, aber nicht ausreichend viele.

Allein arbeiten hat nur Vorteile. Es gibt Milliarden Vorteile für Zusammenarbeit, aber genau hier, genau jetzt, genau für mich, hat allein zu arbeiten nur Vorteile.

Alles geht, man muss es nur in seinem eigenen Rhythmus tun dürfen, dann geht es am Ende mit einer Schnur oder einer Brechstange. Keine Kommentare: Kann man das so machen? Wenn ganz deutlich zu sehen ist, dass man kann und es gerade eben tut. Keine Fragen: Und wie hast du dir denn das hier vorgestellt? Das war so nett. Du musst dir doch etwas überlegt haben, ehe du anfängst, Zweitonnensteine zu versetzen?

Nein.

Ich habe mir nichts vorher überlegt, so bin ich nicht. Das ist genetisch und ungeeignet für Kommentare. Meine Mutter ist genau so. Erst tun, denn denken, mach es allein, versetze Steine.

Neben den Bambuszaun stelle ich Töpfe aus grün changierender Keramik, Sonderangebot bei Point Vert in Concarneau. Weil die grün changierenden Töpfe angeschlagen sind, sehen sie umso wertvoller aus. Kostbar und alt, wie Funde bei einer archäologischen Grabung. Wie aus einer Vitrine des Kunstmuseums in Hanoi, wo sie zwischen Krügen mit Seladonglasur aus dem Jahre fünfhundert vor Christus stehen.

In die grün changierenden Tontöpfe pflanze ich Wicken, weiße Wicken. Die Wicken sollen am Bambuszaun hochklettern und ihn mit ihren duftenden weißen Blüten bedecken. Hoffentlich.

Die steinharte Erde bedeckt Kies und Sand, grober, dunkelroter Straßenschotter und Meersand mit zerbrochenen

Schneckengehäusen. Ein Eimer Sand kostet einige Francs bei Big Mat auf dem Weg nach Brigneau, es werden fast vierzehn Eimer.

Einige Thujen, ein Cyanotisbusch und ein Lorbeerbaum bilden die Grenze zum restlichen Garten. Meine in Form geschnittene Thujen. In Form schneiden und beschneiden, das liebe ich. Das Schnipsen der Gartenschere, und der Stamm des Lorbeerbaums wird kahl geschnitten, die Thujen werden zu Zypressen, der Cyanotisbusch bekommt die Form eines großen Pilzes, wie die Wolke nach einer Atombombe sieht er aus. Dem Menschen zur Warnung beschneide ich meinen Cyanotisbusch.

Es ist eine Zeit großen Glücks, während ich an dem Steingarten arbeite. Schneide, grabe. Streue Kies, Sand. Säe und lege Steine. Singe. Falsch wie mein Vater, aber mit einer schönen Altstimme wie meine Mutter.

Mein Vater konnte die Texte der Kirchenlieder, wenn wir in der Kirche waren bei Begräbnissen und Hochzeiten. Er respektierte den Glauben anderer, er sang nicht absichtlich falsch. Meine Mutter sang gerne *Oh Tannenbaum,* mit Klein-Karin, zweistimmig. Groß-Karin war Momma, meine stattliche große Momma, die manchmal, äußerst selten zwar, aber es kam vor, mitten in der Woche die Gitarre nahm und die wehmütige Ballade vom armen kleinen Hans sang.

## *So ist es, ein Mensch zu sein*

Nach einem Winter wie dem letzten ist es absurd zu glauben, die Erde in Finistère würde jemals wieder Wasser brauchen.

Hätte mir im Winter jemand gesagt, ich müsse den Garten jeden Abend gießen, hätte ich gesagt, das ist absurd. Aber als im April die Frühlingswinde kommen, ist es nicht mehr absurd.

Auf dem Feld, das noch vor kurzem unter Wasser lag, stehen Wasserkanonen und sprühen tagsüber Kaskaden von Wasser, und ich gehe abends durch meinen Garten und bewässere ihn.

Von allem, was ich hier liebe, und das ist alles – ist mir das allerliebste, bei Sonnenuntergang den Garten zu bewässern. Ich will nichts als meine Pflanzen zu gießen, und das tue ich.

Man soll gießen, wenn die Sonne am Untergehen ist. Gießt man bei Sonnenschein, verbrennen die Pflanzenwurzeln. Das hat mir Großmutter beigebracht. Nur an den Abenden durfte die Sprinkleranlage in ihrem Gutshofgarten angestellt werden, und auch dann nicht zu sehr. Wie viele Menschen, die Geld haben, war meine Großmutter sparsam. Sie ging vorsichtig mit dem Geld um, fast ängstlich. Das Kapital durfte nicht angerührt werden, dieses überempfindliche Kapital. Was passieren würde, wenn man das Kapital anrührte, wurde nie gesagt. Das war gebunden und durfte nicht freigelassen werden.

Da ich nie irgendwelches Kapital besessen habe, bin ich verschwenderisch, und ganz besonders mit Wasser. Aber ich gieße erst bei Sonnenuntergang, wie es mir Großmutter beigebracht hat.

In meinem Garten bin ich die Sprinkleranlage. Die Düse für den Gartenschlauch ist kaputtgegangen, also klemme ich den Schlauch zwischen Daumen und Zeigefinger, so dass das Wasser spritzt, und lenke es dann so, wie ich will, über den ganzen Garten hin.

Ich bin ein begnadeter Sprinkler. Das sitzt in den Händen, die ich nach Momma habe, das Beste am Menschen sind die Hände, danke Momma, *merci*.

Diese Großmütter und ihre Gaben. Keine Erbschaftssteuer. Großvater überließ das Kapital Stiftungen. Eine Schnupftabakdose war mein Erbe. Als ich sie verkaufen wollte, sagte der Antiquitätenhändler, da sie eine Beule habe, sei sie nichts wert. Nichts verglichen mit den Händen von Momma und mit Großmutters Wissen, wann und wie ein Garten zu bewässern ist.

Alles, was ich will, ist gießen, und das tue ich.

Einen Liter nach dem anderen lasse ich durch die Schlange schießen, um den Rasen zu tränken und die Wurzeln der Eschen. Jeden Grashalm des Rasens bewässere ich, die kleinsten Kleeblätter, die dünnsten Stängel. Die Pfingstrosen, die Rosen, rote und weiße, die den Boden decken, die Hecken bilden, die klettern wie *Madame Alfred Carrière*, und die schwarzrote *Rose Senegal* – eine Kletterrose, die sich im Schatten wohl fühlt und die nördliche Wand bedecken soll. *Ingrid Bergman*, die moderne Hybridrose, braucht das Wasser, damit sich die fünfunddreißig Kronblätter auch alle öffnen. Ich wässere *Ingrid Bergman* und *Madame Alfred Carrière*.

Die drei Magnolienbäume, *Magnolia grandiflora*, brauchen viel Wasser, damit die ledrigen Winterblätter abgestoßen und die neuen zartgrünen sich entwickeln können.

Die *Magnolia stellata*, die im Winter an nackten Zweigen ihre Sternblüten entfaltete, braucht Wasser, um wiederzukommen.

Alle Kletterpflanzen, die den Garten und die Terrasse einfrieden, die Wicken, alle die rustikalen Überwinterer im wandernden Halbschatten, im Schatten oder in der Sonne. Alle Samen – Sonnenblumen, Kresse, Wicken, alle brauchen sie Wasser.

Der rote und der weiße Riesenmohn, der leuchtend blaue Gebirgsmohn aus dem Himalaja, der Mohn, der im Juni blühen wird, mit seinen hauchdünnen, von Licht durchstrahlten Blüten, diese schmetterlingszarten und flüchtigen Mohnblüten.

Opiummohn darf in den Gärten von Finistère nicht angebaut werden.

*Eschscholtzia* ist ein Mohn, der nicht zur Gruppe der Mohnpflanzen gehört. Sich nicht so ungehemmt öffnet, wie Mohn es tut, die Blütenblätter, wenn sie in einem warmen Gelb aufblühen, zusammenhält.

Im vorigen Sommer habe ich ein Beet mit *Eschscholtzia* gesehen, seither träume ich davon, selbst *Eschscholtzia* zu haben, aber als ich versuchte, Samen oder Pflanzen zu bekommen, verstand niemand, was ich sagte. Als ich noch einmal zu dem Beet fuhr, um eine *Eschscholtzia* zu pflücken und im Blumengeschäft zu zeigen, hatte jemand dort stattdessen Kartoffeln angepflanzt.

Ich gieße Akeleien, Iris und Nelken. Schwarze Akelei, weiße und dunkelblaue Iris, weiße Duftnelken. Cyanotis – ein Busch mit blauen borstigen Blüten und dunkelgrünem Laub. Der Klebsamenbusch, die Thujen, die Salweiden, die vier Salweiden der Sorte *Salix babylonica ›Tortuosa‹* und eine kleine Trauerweide, eine *Saule pleuereur.*

Zwei alte Eschen standen bereits auf dem Grundstück, diese beiden Bäume, die ich besitze und zu denen ich Blutsbande entwickle. Dieses riskante Besitzen, diese gefährlichen Blutsbande.

Nichts besitzt ein Mensch, nichts. Man bewässert es auf dem Weg vom Samen zum Humus.

Ich bewässere die Eschen. Stehe unter ihren Kronen und lasse lange Wasser auf ihre Wurzeln strömen.

Beim Gießen zupfe ich Unkraut. Nicht aus ökologischer Rechtschaffenheit. Ich bin kein ökologischer Fanatiker wie mein Vater, selbst wenn er Recht hatte.

Man kann Unkraut einfacher loswerden, effektiver und dauerhafter, aber für das Dauerhafte habe ich nicht viel übrig.

Was in Fluss, was in Bewegung ist, das zieht mich an. Der Genuss, das Unkraut mit Händen herauszuziehen, das lustvolle warme Gefühl, der Griff um die Löwenzahnpflanze, fester zupacken, sobald sie sich lockert, sie sorgsam aber energisch drehen, spüren, wie das Unkraut die Erde freigibt und wie die Wurzel sich löst.

Danach die Hände mit Wasser aus dem Schlauch abspülen, einen größeren Genuss gibt es nicht. Das weiche Strömen des Wassers über die Finger. Das Wasser, so lau und greifbar wie die Erde und so weich. Man kann eine Stunde gießen und das Wasser ist immer noch nicht kalt.

Die Erde von den Händen abspülen ist hier ein Genuss, keine Qual wie dort, wo ich aufgewachsen bin. Kurz nur mit den Händen im Wasser und die Hände wurden blau und steif, unbrauchbar vor Schmerz.

Das Wasser, mit dem mein Vater seine kleinen giftfrei aufgezogenen Gemüsepflanzen gießen musste, war kalkhaltig und eiskalt. Im Winter sprengte die Kälte die Rohre. Da musste man das Wasser aus dem Brunnen nehmen, und wie kalt das war, kann sich niemand vorstellen, der nicht wie ich von dort herkommt.

Und jetzt bin ich in Finistère und gehe verschwenderisch mit dem Wasser um.

Natürlich tue ich das nicht, um mir die Hände abzuspülen, ich gieße nicht nur wegen des Nutzens und aus Freude am Genuss. Hinter dem Bewässern steht eine Idee, die Idee, wie ich mir den Garten vorstelle, der entstehen soll.

Keine Pläne, keine Zeichnungen.

Keine Skizze wie diejenige, die ich im Garten von Monsieur Le R vergaß.

Der Garten soll ein Dschungel werden.

Den Zengarten mit dem Sand und den Menhiren gibt es um des Kontrastes willen, was übrig ist, soll ein Dschungel zu meinen Bedingungen werden. Die Pflanzen soll wachsen und gedeihen, sie sollen klettern, Lianen werfen. Im Schatten sollen die Blätter dunkelgrün glänzen, Farben sollen sich gegenseitig ergänzen, Licht gegen Dunkel spielen.

Wie das Bild eines Dschungels soll es werden, wie das Bild des Zöllners Rousseau von einem Dschungel, aber eben mein eigenes Bild.

Ein richtiger Dschungel ist eine Mückenhölle mit stinkenden Tümpeln und verrottenden Tierkadavern, glitschigen Stämmen und schwarzen Egeln, die sich an Händen, Armen und Beinen festsaugen. Am Hals. Mücken, die Blut saugen, Schwärme von Gnitzen, vor Gnitzenwolken, die einen umgeben, kann man nichts erkennen.

Man schlägt um sich, Panik packt einen. Wie in den Mooren, dort wo ich aufwuchs. Schwärme von Mücken in den Haaren, an den Knochen, dort wo die Zöpfe ansetzten. In den Augen. Wie in den Dschungeln Vietnams, wo die amerikanischen Soldaten vor Angst verrückt wurden.

Mein Dschungel soll ein ruhiger Dschungel werden, sicher und geborgen wie der des Zöllners Rousseau, gezähmt und bewässert.

Jeden Abend bei Sonnenuntergang gieße ich, das ist die beste Stunde des Tages, wenn die Sonne scharlachrot, *écarlate,* versinkt.

Das Wasser in Finistère ist teuer, verglichen mit dem, wo ich herkomme, sehr teuer.

Wäre es nur das Geld, könnte ich den Garten ebenso gut mit Champagner bewässern wie mit Leitungswasser.

Bei der Panik, die mich packte, als die erste Wasserrechnung kam, ging es nicht nur um den Preis des Wassers. Alle unvorhergesehenen Ausgaben, die zusammenkommen, und dazu der Wechselkurs geben Anlass zur Panik. Seit ich vor einem Jahr gekommen bin, ist der Wert der schwedischen Krone nur gefallen – man verlässt das Schiff, aber es sinkt weiter.

Im Frühling des Jahres zweitausend gibt es einen Franc für eine Krone und sechsundzwanzig Öre, im Juni zweitausendeins ist der Kurs bei eins dreiundvierzig. Wenn es so weitergeht, wird meine Rente – die neue allgemeine Rente – weder für Wasser reichen noch für Brot.

An jedem Bewässerungsabend einmal gibt es eine Situation, da packt mich die Panik, und ich drehe den Wasserhahn zu. Ich muss nach drinnen und das Buch schreiben, sonst kann ich die Wasserrechnung nicht bezahlen. Arbeite ich jetzt nicht, wird es für mich keinen Winter in Finistère mehr geben. Ich will Grille sein, muss aber als Ameise Wörter einsammeln für den Winter, sonst gibt es keinen Sommer mehr.

Um es nicht zu verlieren, muss ich dem Himmelreich den Rücken zukehren. Ich muss hinein an den Computer. In das dämmrige Zimmer, wo der Rechner summt.

Ich muss hineingehen, aber tue ich es, bin ich verrückt und kann genau so gut beantragen, wieder in das Einwohnerverzeichnis meines ehemaligen Vaterlandes aufgenommen zu werden, kann zurückrutschen auf Knien, auf dem Bauch, kann mich zum Kriechtier zurückbilden, zur Schnecke, zum Orthoceras – es zerreißt mich.

So ist es, Mensch zu sein.

Ich rolle den Wasserschlauch auf und gehe hinein.

Aber auf der Schwelle bleibe ich stehen und drehe mich um, das tue ich jeden Abend.

Sehe auf die entstehende Schöpfung.

Die Wassertropfen auf den Blütenblättern, das dunkel glänzende Laub, das Spiel von Licht und Schatten, die Lichtreflexe.

Diese Momente in der Abendsonne nicht wahrzunehmen, käme einer Schmähung des Sonnenuntergangs gleich, wäre ein Vergehen an allem, was ich bekommen habe. Man schafft sich kein Paradies, um ihm den Rücken zuzukehren.

Ich gehe zurück in den Garten, rolle den Wasserschlauch aus, öffne den Wasserhahn, höre wieder das Wasser strömen.

Spüre, wie das Wasser im Schlauch pulsiert, der Herzschlag, der direkt zum heißen Mittelpunkt der Erde führt.

Ich bin eins mit dem All, keine Mystik, ein ganz normaler Zustand von Dazugehören.

Nichts Komisches.

## *Monsieur Godot kommt*

Die Sache mit dem Gästezimmer. Den ganzen Winter habe ich darauf gewartet, dass Monsieur Godot kommen und mit der Arbeit am Gästezimmer anfangen wird.

Nichts hemmt mehr als Warten. Wer wartet, bringt nichts zustande, wer wartet, lebt nicht.

Worauf ich mich in Finistère am meisten gefreut habe – alle meine Freunde zu empfangen, ihnen mein Finistère zu zeigen, wann wird es so weit sein, wann kommt er?

Dieses endlose Warten auf Männer, dem sich Frauen meiner Generation ausgesetzt sahen. Warten heißt passiv sein. Ein willenloses Objekt, dem Belieben anderer ausgesetzt, statt eines eigenständig agierenden Subjekts.

Was hätte man nicht alles tun können, was wäre man nicht geworden, wäre man diesem wahnsinnigen Warten auf Männer entkommen. Erst darauf, dass er kommt, dann, dass er geht.

Diese an sich akzeptablen Männer, durch das Warten auf sie haben sie eine Bedeutung bekommen, mit der kein Mensch umgehen kann, ohne nervös zu werden.

Diese armen Geschöpfe mit ihren eigenen Erwartungen, ihrem eigenen Warten worauf auch immer.

Ich glaubte, das Problem mit Männern hätte ich hinter mir, aber nachdem ich nach Finistère gekommen bin, stellt es sich ganz neu. So viele nicht eingehaltene Versprechen habe ich mein Leben lang nicht erlebt. Kommen, nicht kommen, nicht kommen, nein. Keine Toilette, kein Licht, keine Dachfenster, keine Klinkersteine.

Wenn jemand zu mir sagte: *Wir haben keine Toiletten hier und kein Licht*, dann hätte das meiner Liebe zu Finistère keinen Abbruch getan. Im Gegenteil, ich würde meinem Vater und seinem Vater stolz entgegentreten, meinem Vater als Ökologist und meinem Großvater als Elitist. Großvater hatte von Menschen auf dem Lande die Vorstellung, dass sie aufs Plumpsklo gehen und Kerzen haben statt Leuchtstoffröhren.

Aber so ist es hier nicht. Es gibt so genannte moderne Bequemlichkeiten, nur weiß ich nicht, wie man sie installiert bekommt.

Ich warte auf Monsieur Godot.

Mitten in all mein widerliches Warten kommt ein Brief von meiner Schwester in Schweden. Sie erzählt, dass die meisten Anzeigen, die beim Öffentlichen Reklamationsamt meines ehemaligen Vaterlandes eingehen, gegen Handwerker eingereicht werden, wegen nachlässig und fehlerhaft ausgeführter Aufträge.

Ich warte von nun an in freundlicherer Stimmung.

Da Monsieur Godot weder nachlässig noch fehlerhaft irgendeinen Auftrag ausgeführt hat, kann es nur noch besser werden. Hauptsache, er kommt, und eines Tages kommt er. Klopft an und steht mit seinem Werkzeug vor der Tür. Frisch wie der junge Morgen.

Ich habe vergessen, wie er aussieht, aber da er anfängt, Rohre zu verlegen, muss er Monsieur G sein, der Installateur. Er ist jünger, als ich ihn in Erinnerung habe, während ich gealtert bin.

»Mir die Haare weiß fallen«, habe ich zu Madame C gesagt. »Was soll ich tun? Hilf mir.«

Worauf sie einfach und geradezu sagt, es sei nicht ihre Aufgabe, mein *bäbbisittöhr* zu sein.

»Bäbbisittöhr«, sagt Madame C und dass ich ein erwachsener Mensch sei und dass mein Problem mit Monsieur Godot dementsprechend mein Problem sei.

Madame C achtet extrem streng darauf, was wessen Problem ist, wer verantwortlich ist.

Diese Geschichte mit Monsieur G, dem Fliesen- und Gipsplattenmann, erreicht, dass ich mich allen meinen Monsieur Godots gegenüber anders verhalte.

Statt mich vergeblich wartend zu fragen, welche Woche, welches Jahr er meinte, als er nach unserer viel versprechenden Begegnung mit einem freundlichen: »Bis Anfang der Woche« verschwand, fahre ich ins Industriegebiet, wo seine Firma ansässig ist. Warte, bis er kommt, und nehme ihn mit:

»Ins Auto, Monsieur Godot, Sie jetzt.«

Kein Problem, er kommt mit, lammfromm.

Baut Badezimmerwände aus Rigipsplatten, legt Fliesen, setzt Glasbausteine und verputzt Fugen. Nach wenigen Tagen ist die Arbeit fertig und das Ergebnis wunderbar.

Die Wangenküsserei ist gefährlich nahe, wir sind alle beide gleich glücklich, genau gleich glücklich.

Als ich bei späterer Gelegenheit Madame C frage – ohne irgendwie um Hilfe zu bitten –, ob sie irgendeine Theorie hat, warum Monsieur Godot nicht kommt, wenn er doch Zeit hat, antwortet sie:

»Zeit haben alle, außer den Toten. Es geht nicht um Zeit, sondern um Beziehungen. Zum Warten gehören zwei, *chère* Madame. Einer, der wartet, und einer, der nicht kommt. *Évidemment*.«

Also jetzt endlich weiß ich, was ich mit elfundeinhalb Jahren hätte wissen sollen, als mein lebenslanges Warten auf Männer anfing, und ich werde sehr, sehr müde.

# *Sisyphos*

Einer, der nie ausbleibt, der einen nie warten lässt, ist Julien Lepers.

Jeden Abend zwanzig nach sechs kommt er, denn dann gibt es *Questions pour un champion*, das Frage- und Antwortspiel, das ich wegen der Allgemeinbildung ansehe, der Sprache und wegen des Moderators Julien Lepers. *Questions pour un champion* ist meine Universität, meine Sprachhochschule.

Jeden Abend um zwanzig nach sechs kommt Julien Lepers ins Studio gesprungen, während das Publikum frenetisch klatscht. Kein Warten, kein Abholen. Leichtfüßig springt er an sechs Abenden in der Woche herein, fünfzig Wochen im Jahr. Die Teilnehmer sind jeden Tag neu, drei, die nicht weiterkommen, und einer, der Champion wird und am nächsten Tag wieder dabei ist. Das sind um die zwölfhundert im Jahr, zwölfhundert Mitwirkende und ein Julien Lepers.

Niemand wird bei *Questions pour un champion* rausgeworfen, wie sonst bei all den Schrottprogrammen im Fernsehen, bei *Questions pour un champion* kommt man einfach nur nicht weiter.

Bei *Questions pour un champion* macht man nicht wegen des Geldes mit, sondern um dabei zu sein und zu spielen, um Julien Lepers zu treffen und von sich zu erzählen, von dem Ort, aus dem man kommt, von seinem Beruf und seinen Interessen. Alle diese Teilnehmer, alle diese Michel, Michelle, Pierre, Simone, Lucile, Odile, Didier, David, alle diese Hobbies, die Julien Lepers niemals durcheinander bringt und für die er sich so unermüdlich interessiert:

»Michel segelt gern, nicht wahr? Basket- oder Volleyball? Klettern? Garten, Gymnastik. Scrabble. Pferde.

Sie machen die Buchführung in einer Lkw-Firma – wie spannend.

Erst neunzehn Jahre, einer der jüngsten Kandidaten, den wir je hatten.

Kinder?

Zwei Kinder – Enkelkinder?

Grüße an die Enkel, einen dicken Kuss.

Und die Ehefrau, ein Küsschen für die Ehefrau. *Un gros bisou* an die Kinder und *petit coucou* für die Frau.

Sitzt Ihre Verlobte im Publikum, *l'épouse*? Wie heißt sie?

Wie heißt Ihr Mann? Danken Sie dem Gatten, Odile. Ein Küsschen.«

Alle diese Orte, Küsten, Alpen, alle diese Städte, aus denen die Teilnehmer kommen, alle diese Dörfer. Wenn es über den Heimatort des Kandidaten nichts zu sagen gibt, gar nichts, irgendetwas muss es doch geben, Julien Lepers findet es.

»Gibt es dort nicht – natürlich hat man dort – gab es nicht bei euch so ein – war das nicht dort, wo die Bevölkerung – erzählen Sie!«

Äußerst selten merkt man, dass Julien Lepers gelangweilt ist, wäre er es nicht, wäre er ein »Übermensch«, und genau das ist er nicht, er ist wie wir.

Auch wenn wir nie schaffen würden, was er tut.

Ein Teilnehmer interessiert sich besonders dafür, wie entschieden wird, wann in einem Jahr jeweils Ostern sein wird.

»Mich interessiert unerhört, auf welches Wochenende Ostern fällt«, sagt er.

Und Julien Lepers antwortet, ohne überheblich zu sein:

»Interessiert uns das nicht alle?«

Am vierzehnten Februar, dem Tag der Herzen, fragt Julien Lepers eine der Teilnehmerinnen, ob sie eine Karte bekommen habe. Hat sie nicht.

»Ich auch nicht«, sagte Julien Lepers.

»Keiner liebt mich.«

Alleinstehende sind in *Questions pour un champion* äußerst selten, aber wenn doch, dann ist Julien Lepers jedes Mal voller Mitgefühl.

»Suchen Sie noch? Es ist nicht leicht. Unverheiratet?

Ich auch«, sagt Julien Lepers. »Ich bin *célibataire*. Ganz und gar *célibataire*. Keine will mich.«

Unsere Herzen recken sich zum Fernsehapparat, alle wir Millionen Frauen, zölibatär, verheiratet, keusch oder promiskuitiv, die *Questions pour un champion* anschauen.

Manchmal werden Fragen gestellt zu Pop, Soul oder Rockmusik:

»Wer ist der Sänger von *Se Doars*?«

Die Kandidaten sind ratlos. Der Sänger von The Doors?

Sting? Freddie Mercury? Elton John?

Julien Lepers muss selbst sagen, dass es *Zim Mörrisong* war, worauf er ein paar Takte von *Light my fire* singt.

Wenn Julien Lepers singt, wirft er gleichsam ein paar Töne nonchalant über die Schulter. Dann unterbricht er sich.

Julien Lepers ist *très cool*.

Die Großstadt Miami in den USA heißt *Mi-à-mi*.

Die Hauptstadt Irlands – *Dübbläng*.

Das ist nicht extra für die *Questions pour un champion*, Julien Lepers spricht besser englisch als die Nachrichtensprecher der drei Sender. Das Gen für das Lernen von Fremdsprachen fehlt bei den meisten Französischsprachigen, stattdessen haben sie ein Gen für die Kunst des Essenzubereitens, das den Englischsprachigen fehlt.

Wenn ein Teilnehmer hintereinander vier Richtige hat und die letzte richtige Antwort in derselben Sekunde wie die Schlussglocke kommt, ist Julien Lepers entzückt und küsst den Kandidaten bis zu fünf Mal auf die Wangen.

»*Je suis ravi*«, sagt Julien Lepers.

Hat ein Kandidat einen Stillstand im Gehirn, ist Julien Lepers immer gleich teilnahmsvoll.

»Was ist los, Frédéric?

Marianne, wach auf.

Leone, Sie müssen unbedingt wiederkommen. Sie wissen die Antwort, die Frage ist wie für Sie gemacht!

Marcelle, warum?

Wie steht's, David?

Könnte besser sein.

Ja, das kann man wohl sagen.

*C'est la cata- c'est la cata- c'est la catastrophe*, Nicole!

Ein schwarzes Loch, Didier?«

Kommt ein Kandidat nicht weiter, ist Julien Lepers voller Anteilnahme. »Da war Schluss, Michel.

*C'arrête là*«, sagt Julien Lepers, das macht nichts, es ist ja nur ein Spiel, jetzt kommen die Geschenke.

Alle diese Nachschlagewerke, die diejenigen bekommen, die nicht in die Endrunde gehen, alle diese Le Petit Larousse, Kunstlarousse, Poesielarousse und andere Larousse. Geschenk, Nicole, Geschenke für alle, *cadeau*, Didier.

»Da war Schluss, danke fürs Mitmachen, *cadeau* Monique. Mit diesem Lächeln der Kandidaten bedanken wir uns«, sagt Julien Lepers im schwarzen Kaschmiranzug.

»Guten Abend, danke fürs Mitmachen. *Bon soir à tous.*«

Alle diese *bonjour*, alle diese *ça va*?

Alle diese *à demain*, alle *bon weekend*.

Ein Jahr lang habe ich *Questions pour un champion* gesehen und Julien Lepers hatte nie denselben Anzug an. Wenn doch, dann hat er ihn getragen, als wäre er neu.

Alle diese Anzüge, Krawatten, Manschettenknöpfe, Hemden – alle diese Krawattenknoten, die er für uns geknotet, und Knöpfe, die er für uns geknöpft hat.

An Sisyphos ist nichts Besonderes.

Man rollt seinen Felsblock, knöpft seine Knöpfe, versucht, sein Buch zu schreiben. Es geht nicht, man versucht es wieder. Fängt neu an – es wird nicht gut. Man muss nur immer wieder neu anfangen, bis man begreift, dass es genau darum geht.

Zwanzig nach sechs, Tag für Tag, Jahr für Jahr springt Julien Lepers zu den Ovationen des Studiopublikums und zu den erwartungsvoll an den Apparaten sitzenden Fernsehzuschauern lächelnd ins Studio, um ein weiteres Mal bis zehn vor sieben zu beweisen, dass die Sisyphosarbeit des Menschenlebens eine Freude ist und keine düstere Pflicht.

*Cadeau*, Julien Lepers.

## *Alpträume*

HEUTE NACHT habe ich den ganzen Verlauf des Buchs klar und deutlich gesehen.

Von Anfang bis Ende, aber als mich das Telefon geweckt hatte, war alles weg.

Ein Journalist will mich interviewen, der Anlass ist das Buch, das in der Verlagsvorschau den Titel *Madame C zufolge* trägt.

Das Buch ist geschrieben, davon geht der Journalist aus.

Das Buch müsste fertig sein, es ist nicht einmal angefangen.

Definitiv wird es nicht *Madame C zufolge* heißen, das steht als einziges fest.

Man bittet mich um ein Interview zu einem Buch, das es nicht gibt, mit einem Titel, der nicht funktioniert.

In der Nacht nach dem Anruf habe ich einen Alptraum, in dem der Journalist, in Wirklichkeit ein Mann, eine Frau ist. In meinem Alter, aber älter. Trägt Kleidung der Sechzigerjahre, eine Frisur mit viel Haarspray, Typ Kennedyfrau, überheblich und kalt. Sie kommt mit einem Fotografen und fünf Stühlen im Stil Louis XV zu meinem Haus. Der Sinn: ich soll auf allen vieren sitzend fotografiert werden. Aber zuerst muss mein Gesicht geändert werden.

Die Journalistin hat einen Termin bei einem Schönheitschirurgen in Dublin vereinbart. Auf einem Schild dort steht *Morgue.*

Die Journalistin gibt Befehle, einer lautet, die Klimaanlage im Auto müsse voll aufgedreht sein.

Der Schönheitschirurg kann mein Gesicht nicht operieren, wenn es warm ist.

Das Gesicht muss hart und kalt sein wie Plastik.

Ich wache auf. Der Traum kann nur auf eine Weise gedeutet werden.

Sag nein. Keine Interviews. Der Traum redet Klartext: *Du weißt, dass du es nicht willst. Tu es nicht. Es ist falsch.*

Darauf, dass es das Buch nicht gibt, nimmt der Traum keine Rücksicht, aber er hat Recht, ich muss nein sagen. Der Traum hat mich mit meinem tiefsten Willen in Kontakt gebracht, meinem Nein.

Mein tiefster Wille kann sich nicht durchsetzen.

Ich sage ja. Um des Buches willen. Wenn es nicht in den Medien vorkommt, wie sollen die Leser wissen, dass es das Buch gibt?

Das Buch gibt es nicht.

Ich bin in einem Alptraum, und ich bin wach.

Soweit ich weiß. Ich habe versprochen, ein Interview zu geben, der Anlass ist ein Buch, das es nicht gibt.

Jetzt darf ich nur nicht in Panik geraten, denn dann wird nichts draus.

Das Buch gibt es.

Es ist nur noch nicht geschrieben.

## *Narcissus poeticus*

EINES TAGES Anfang Februar, er regnet noch immer, an einem dieser Regentage, als ich es am wenigsten erwarte, blühen plötzlich meine *Crocus korolkowii* im Beet beim Ablaufbrunnen.

Alle sind aufgeblüht. Alle auf einmal.

*Crocus korolkowii* stammen aus Afghanistan. Nicht dass ich sie in Kabul gekauft hätte, die Krokuszwiebeln habe ich zusammen mit den Tulpenzwiebeln und den Dichternarzissen auf dem Flugplatz in Amsterdam gekauft.

Ob es auf dem Markt von Kabul noch immer *Crocus korolkowii* gibt, ob es dort noch immer einen Markt gibt, weiß ich nicht.

Wie es in Afghanistan ist, Frau zu sein, gezwungen zu sein, in einem Gefängnis aus Stoff herumzulaufen, kann man sich vorstellen, ohne einen Kurs in Mitgefühl besuchen zu müssen. In diesen ganzen Stoffbahnen nur ein kleines Gitter für die Augen. Sich nicht frei bewegen dürfen, nicht reden dürfen, mit wem man will. Nicht arbeiten dürfen.

Mitte März zweitausendeins sprengen die Taliban die Buddhastatuen von Bamiyan. Diese unvergleichlich schönen Statuen aus dem fünften Jahrhundert nach Christus werden in Geröll verwandelt. Die Falten der Gewänder der Götterbilder, diese wunderbaren Falten werden zu Staub, wie ich bei insgeheim aufgenommenen Videos in meinem Fernseher in Finistère sehen kann. Ich sehe es und lese in meiner Tageszeitung davon. Schneide die Bilder der Buddhastatuen aus und lege sie in Mappen, in denen ich meine Weltgeschichte sammele.

Das Bombardement der Buddhastatuen kommt nicht wie ein Blitz aus heiterem Himmel, die Welt ist gewarnt. Hohe

Gesandte aus dem Westen wurden geschickt, um die Taliban zu überreden, die Statuen zu verschonen, aber die Taliban sind schonungslos. Respektieren weder das Kulturerbe der Welt noch die Frauen, die machen, was sie wollen mit ihren Waffen aus Pakistan. Nur Massoud, der Anführer des Widerstands, kämpft mit seiner immer geringeren Zahl von Männern dagegen an. Der tapfere Massoud, der bis zum letzten Blutstropfen gegen den Fundamentalismus kämpfen wird. Massoud geht so weit, Afghanistan zum ersten Mal zu verlassen, um in den Westen zu reisen und um Hilfe zu bitten. Die Lage ist verzweifelt, ich lese darüber in meiner Tageszeitung, ich spüre die Bedrohung und die Verluste.

In Bamiyan können keine neuen Buddhastatuen entstehen, älter und schöner als die alten, so wenig wie die alte Brücke in Mostar wiedererstehen kann.

Zerbombt ist zerbombt. Dafür braucht es Waffen, und von Waffen verabschiedet sich keiner.

Ohne Waffen wären die Taliban auf Steinschleudern und Knüppel angewiesen. Ohne Waffenhandel wären die Frauen in Afghanistan hinter ihren Schleiern keine Sklaven. Ohne Waffenhandel wäre die Welt ein besserer Ort, aber dem Waffenhandel kann man nicht beikommen.

Die Waffenhändler verkaufen ihre Bofors-Kanonen oder JAS-Fighter, ihre Kriegsschiffe oder Maschinengewehre. Manche Waffenhändler sind Staatsoberhäupter, andere sind Mafiosi, aber was sie auch sind – die Waffenhändler spazieren herum, ohne dass auf sie geschossen werden darf.

Noch.

Jean-Christophe Mitterand, der Sohn des früheren Präsidenten Mitterand, war in Untersuchungshaft, weil er verdächtig war, in den Waffenhandel in Angola verwickelt zu sein, weil er unter Verdacht der Steuerhinterziehung und der Korruption stand.

Jean-Christophe Mitterand ist unschuldig, erklären seine

Anwälte. Dass Monsieur Mitterand gut 20 Millionen vor den französischen Steuerbehörden hat verschwinden lassen und das Geld auf einem geheimen Schweizer Konto untergebracht hat, geschah aus Güte, wird behauptet – er habe das Geld einem Armen schenken wollen. Ein armer Staat in Afrika sollte die geheimen Gelder für ein Entwicklungsprojekt bekommen, ja ja.

Mutter Mitterand macht einen Besuch im Gefängnis, sie regt sich auf, weil es eines Bürgen bedarf, um den Jungen freizubekommen.

»Jean-Christophe tut mir leid«, sagt sie, als müsse die ganze Welt mit Jean-Christophe Mitterand Mitleid haben.

Wer in der Presse groß vorgeführt wird, überlebt. Wie groß die Schande ist, entscheiden nicht die Medien, der Vorgeführte entscheidet, wie groß die Scham ist, die er auf sich nimmt. Die Schamlosigkeit der Medien ist eines, der dieser Schamlosigkeit der Medien Ausgesetzte etwas anderes. Selbst wenn ich mich immer auf die Seite der Ausgesetzten stellen würde, weiß ich, wie die Dinge zusammenhängen.

Ausgesetzt oder nicht – der Schamlose kommt frei.

Aber man kann es nicht wissen. Seit Eva Joly, die in Norwegen gebürtige Richterin, und ihre Kollegen den Kampf gegen die Korruption in Europa aufgenommen haben, kann man es nicht wissen. Wir werden es erleben.

Jedes Mal, wenn mir eine solche Selbstverständlichkeit in den Sinn kommt, denke ich an Jean Genet. Diese großen Männer mit ihren kleinen Wahrheiten.

*Klischees sind Lügen*, sagte Jean Genet.

Wir werden es erleben, Monsieur Genet.

So unwahrscheinlich es auch ist, meine *Crocus korolkowii* blühen. Die purpurschwarzen Kelche mit ihren messinggelben Innenseiten schimmern durchscheinend vor der nachtschwarzen Erde.

Es leuchtet aus ihnen, als säße in jedem Krokus eine Messinglampe, ein sehr ungewöhnliches, beständiges und gelbes Licht. Eine verzauberte Lampe Aladins. Man berührt die Lampe und der sehnlichste Wunsch geht in Erfüllung – meine *Crocus korolkowii* gehen auf.

So viel Licht gegen solches Schwarz.

Es ist unglaublich, aber es ist, also muss man es glauben.

Die Augen sind Zeuge.

Die Krokusse gehen alle auf, und jetzt stehen sie wie leuchtende kleine Wächter da.

Nach einer Nacht mit Platzregen kommt es vor, dass die Krokusse alle flach auf dem Beet liegen, aber dann hört es auf zu regnen und sie stehen wieder aufrecht. Flach, niedergeschlagen, ausgezählt – und dann erheben sie sich. Wieder und wieder und wieder.

Noch kein Krokus hat so lange geblüht wie die *Crocus korolkowii* in meinem Beet in Finistère. Unüberwindlich bis zu dem Tag an dem sie verblühen, lange nachdem die Hyazinthen und die Sternmagnolie verblüht sind.

Die Krokusse verblühen, aber sie werden wiederkommen. Ohne dass ich auf dem Flugplatz in Amsterdam Halt machen muss.

Die Krokuszwiebeln liegen in meinem Blumenbeet und vermehren sich.

In derselben Woche, als die Krokusse aufblühen, erscheinen im Beet an der Dorfstraße kleine grüne Mäuler.

Fische sind es nicht, das sind meine *Tulipa sprengeri*, die den Elementen getrotzt haben.

Aus den dreißig Zwiebeln, die ich gepflanzt habe, kommen dreiunddreißig Wildtulpen. Mit geraden Stängeln und roten Kelchen, deren Blütenblätter sich im Schutz von schwertähnlichen grünen Blättern stolz aufrichten. Respekt einflößend und Staunen erregend.

Die erstaunlichsten Tulpen, seit Tulpen die Europäer, die Sultan Mehmed besuchten, so gewaltig erstaunten. Hätten diese bereits verwunderten Europäer erst meine Tulpen gesehen, ihre Köpfe wären von den Hälsen gefallen und die Dorfstraße hinuntergerollt.

Eine botanische Tulpe wie die *Tulipa sprengeri* ist üblicherweise eine kleingewachsene Tulpe. Nicht so meine *Tulipa sprengeri*. Die sind monumental. Wie Monumente der Tatsache, dass sie aufblühten, dass sie aufgeblüht sind.

Wenn die Nachbarn an meinem Haus vorbeigehen, kommentieren sie die Tulpen anerkennend, aber nicht sonderlich erstaunt. Sie stellen fest, dass die Tulpen aufgegangen sind, dass es schöne große rote Tulpen sind.

Madame C beliebt zu scherzen und nennt sie meine Seetulpen.

Ich weiß nicht, ob die Tiere, die im Schwedischen Seetulpen heißen, auch hier so heißen, in meinem Wörterbuch finde ich das Wort nicht. Seetulpen sind eine Art kleiner Krebstiere, die unter Felsen sitzen, harte, scharfe kleine Tiere, die mit meinen Tulpen nichts gemeinsam haben.

Auch wenn ich weiß, dass Madame C es nicht herablassend meint, ein wenig gutes altes europäisches Erstaunen hätte sie aber gerne zum Ausdruck bringen dürfen.

Die Tulpen blühen monatelang, bis sie sich am Ende zurückziehen. Um von nun an, so unverletzlich wie nur Tulpen es sind, jedes Jahr ihre roten Blüten aufgehen zu lassen.

Wenn sie nur die nötige Fürsorge bekommen, werden so lange ich lebe und länger in meinen Beeten *Tulipa sprengeri* und *Crocus korolkowii* blühen.

An einem der ersten Tage im Mai ist der Zengarten fertig. Ich bin ganz erledigt. Vollständig fertig, aber zufrieden. Dass einige störende lange Stängel hier und da herausstehen, ist nicht zu ändern. Wie Porreekraut, schlaff, fleckiggrün, unansehnlich. Sie stören die Harmonie, aber sie herauszuziehen schaffe ich nicht. Verschiebe die Aufgabe auf später.

Nichts eilt, ein Zengarten hat keine Deadline, der ist kein Buch.

Der Körper fühlt sich an wie durch einen Steinbrecher gezogen, wie nach einer Liebesnacht. Ich setze mich in den Sand und lehne mich an einen der Menhire und genieße den Lohn meiner Mühe.

Abenddämmerung. Der Kuckuck ruft, das Echo antwortet. Die Strahlen der untergehenden Sonne fallen durch den Bambuszaun, um den sich blühende weiße Wicken winden.

In der Oase sind die Maiglöckchen aufgeblüht, zwischen den Sandkörnern glitzern Schneckenschalen.

Die spielenden Kinder werden still, die Hunde werden hereingerufen, die Nachbarn schließen ihre Fensterläden.

Ich ruhe an meinem Menhir aus.

Die Zeit verschwindet, alles ist Frieden. Ich bin eins mit dem Weltall, ein Sandkorn in der Schöpfung. Momma ist bei mir, meine Mutter und die kleinen Geschwister, mein Vater. Alles hört zusammen.

Ich merke nicht, dass es dunkel geworden ist.

Es ist nicht dunkel, es ist ganz hell. Der Steingarten ist wie von vielen weißen Lampen erleuchtet. Vibrierende weiße Glühbirnen, die im Dunkeln in meinem Steingarten funkeln.

Die Narzissenklumpen, bei denen ich nicht wusste, was oben und was unten ist, und die ich bis zu diesem Augenblick vollständig vergessen hatte, haben sich unterirdisch aus den grünstruppigen, Porree ähnlichen Stängeln in reine weiße Dichternarzissen verwandelt. Jede einzelne *Narcissus poeticus* ist aufgegangen, und jetzt leuchten sie im Dunkeln in meinem Steingarten.

Ich pflanzte Glühbirnen, *les bulbes*.

Im Duft der Maiglöckchen, hinter dem Schutzschirm aus

Wicken, sitze ich im Licht der Dichternarzissen bei meinen Menhiren, während am Nachthimmel die Sterne wie Kristallluster angezündet werden und ich vollständig von Licht umstrahlt bin.

## *Sogar die Sterne*

Madame C mag den Titel *Der Preis des Wassers in Finistère* nicht. Sie ist durch und durch abweisend und ohne jedes Verständnis.

Der Titel ist schauderhaft trocken, Madame C zufolge. Sie meint das nicht als Scherz. Die Wörter fallen ihr zufällig so ein.

*Der Preis des Wassers in Finistère* sei ein katastrophaler Titel, daran sei nichts Verlockendes, im Gegenteil. *Der Preis des Wassers in Finistère* klinge wie einer dieser alarmierenden Berichte nach so einer Untersuchung, wie sie hier durchgeführt werden, weil die Wasserqualität immer mehr abnimmt. »*Der Preis des Wassers in Finistère* klingt wie ein Buch über das Wasserproblem in Finistère«, sagt Madame C.

»Er klingt problematisierend, das klingt wie ein Problematisierungsbuch. Wie ein Pamphlet. Unromantisch und ohne Poesie.«

Während meines ersten Jahres in Finistère wird mehrfach gegen die Zerstörung der Wasserqualität demonstriert, und so muss das sein, Madame C zufolge. Demonstrieren gehört zu den grundlegenden Rechten und Freiheiten in einer Demokratie. Die kleinste Einschränkung der Rechte der Menschen, ihrer Beunruhigung und Empörung Ausdruck zu verleihen, und eine Gesellschaft wird zur Diktatur. Ein Manifestat gegen die Wasserzerstörung ist laut Madame C in Ordnung.

Der Titel meines Buchs hingegen ist unangebracht, irreführend und hässlich.

Ein Buch über die Liebe zu einem Ort, wie die Liebe, die ich ja offenkundig – *évidemment*! – zu Finistère gefasst habe, muss einen poetischen Titel haben, etwas mit *passion* und

Romantik, einen poetischen Titel wie *Gartenleidenschaft* oder *Die Sterne in Finistère.*

Das finde ich nicht, und das sage ich Madame C auch klar und deutlich.

Ich kann mir nichts Grässlicheres vorstellen als poetische Buchtitel.

»*Dégoûtant*«, sage ich, »*dégueulasse.*«

»Es gibt nichts Peinlicheres als romantische Buchtitel von Frauen meines Alters, die mit Sonnenhut und Holzpantinen durch ihre Gärten streifen, und hier an der Clematis und da an den Kräutern zupfen – *les clématites, les herbes*. Diese Pest von sinnige Sprüche verbreitenden, diese von *bon mots* triefenden Damen. Diese …«, ich suche nach einem letzten vernichtenden Wort, »… Poetinnen.«

»Man möchte sie mit *Anti-Limace longue durée* überstäuben«, sage ich, »mit *Traitement Total*, mit *Fungocide, pesticides* duschen. Sie wie Schnecken, Wühlmäuse, Blattläuse und anderes Unkraut und Schädlinge eliminieren.«

»So spricht ein Dichter«, ruft Madame C entzückt. »Sie benutzen Ihre poetische Lizenz, um Ihrer Empfindung Nachdruck zu verleihen, wie Sie diese sogenannten Poetinnen erleben.

Weil Sie eine Dichterin sind, übertreiben Sie! Das ist die Berufung, Sie übertreiben, und das ist *merveilleux*. Oh, wie Sie übertreiben!«

»Tue ich nicht«, sage ich, und da sind wir wieder auf der Erde angekommen.

»*Der Preis des Wassers in Finistère*«, sagt Madame C, trocken und alles andere als entzückt, »das klingt wie eine Rechnung.«

»Nichtsdestoweniger«, sage ich. »*Néanmoins.*«

Madame C mag bezaubernd sein, aber sie ist sehr eigensinnig. Jedes Mal, wenn sie auf dem Weg zum Bäcker oder zum Hafen bei mir hereinschaut, kommt sie auf den Buchtitel zu sprechen. Unermüdlich macht sie von ihrem Recht und ihrer Freiheit dagegen zu protestieren Gebrauch.

Sie kauft inzwischen zweimal am Tag Brot, und so viele Krustentiere kann sie gar nicht verzehren, ohne krank zu werden.

Ich kann nicht an ihrem Haus vorbeigehen, ohne angehalten zu werden und über den Buchtitel diskutieren zu müssen.

*Der Preis des Wassers in Finistère* vermittelt einen falschen Eindruck, sie betont das immer wieder.

Der erste Titelvorschlag *Madame C zufolge* ist viel besser, Madame C zufolge – die nicht weiß, dass sie diese Madame C ist, auf die sich der Titel bezieht.

Ich frage sie, was *Madame C zufolge* auf Französisch heißen würde. Wie immer sucht sie nach Synonymen.

*»Selon Madame C … Suivant Madame C … D'après Madame C …«*

Für welchen man sich auch entscheidet, schöner als *Der Preis des Wassers in Finistère* ist er allemal, behauptet sie in ihrer entschiedenen Art und unterstreicht das mit einer Geste, bei der ihr Brillantring scharf aufblitzt.

Ich kann nicht anders als zustimmen, auch wenn ich daran festhalte, dass der Titel geändert werden muss. Der Meinung bin ich, unerschütterlich.

Im Herbstkatalog gibt es bereits ein Buch mit *Madame* im Titel, das ist der Grund für den Titeltausch. Zwei Bücher mit demselben Titel in derselben Saison und im selben Verlag – das ist zu viel, mir zufolge.

Nicht zufolge Madame C.

Das sei kein Grund, jedes Buch in der gesamten Weltliteratur kann Madame heißen. Wenn *Madame C zufolge* für mein Buch der richtige Titel ist, dann soll er nicht geändert werden. Ich soll einzig und allein mein Buch im Auge haben und was dazu passt, *Madame C zufolge*.

Wir könnten den Titel bis ans Ende unserer Tage diskutieren, aber das tun wir nicht.

Eines schönen Tages, der Kuckuck ruft aus allen Richtungen, sehen wir ein, dass wir uns darüber nie einigen werden, und da einigen wir uns darauf, dass wir uns nicht einig sein werden.

»*D'accord*«, sagt Madame C. »Wir sind uns nicht einig.

*C'est normal.*«

In meinem früheren Vaterland ist es alles andere als normal, wenn man sich einig ist, uneins zu sein. Etwas Unnormaleres gibt es nicht. Wenn man sich einig ist, muss man sich einig sein, sonst geht alles unter.

Sich einig sein ist wichtiger als Blutsbande, wichtiger als Liebe und Freundschaft, wichtiger als Leben und Tod.

In diesem meinem früheren Vaterland muss man sich einig sein, sonst – was für ein schreckliches Schicksal mag einen Menschen heutzutage treffen?

Nicht viel, wenn man zu den zwei Dritteln gehört, die schon betroffen sind. Für das nicht betroffene Drittel, das Drittel, das Geld hat für Krankenvorsorge, Rentenversicherung, Privatschulen für die Kinder, Reisen, und die das in Abzug bringen können, ist die Androhung klar:

*Stimmt zu, oder ihr rutscht ein Drittel ab.*

Man muss zustimmen, sonst wird man als jemand, der dagegen ist, angesehen, und das kann sich keiner leisten. Dagegen sein bedeutet sofortiges Berufsverbot. Wäre es nicht eine solch kafkaeske Prozedur, dieses Land zu verlassen, dann wären dort nicht mehr viele sogenannte normale Menschen übrig.

Madame C und ich könnten uns kaum einiger sein, dass wir nicht einig sind, kein Problem. Der Schwindel, der mich überfällt, hat nichts mit unserer Uneinigkeit zu tun, Madame C weiß nicht, warum ich blass werde.

Ein leichtes Unwohlsein, das rasch zunimmt und allmählich zu dem Gefühl wird, gleich übergebe ich mich, ich werde ohnmächtig. Eine Windhose wirbelt durch mein Zwerchfell. Alle meine Energie ist nötig, um nicht zu explodieren und über ganz Finistère verteilt zu sein.

Hier stehe ich an der vorhandenen Gartenpforte zu meinem vorhandenen Haus mit Madame C, der vorhandenen Madame C, und diskutiere den vorhandenen Titel eines nicht vorhandenen Buchs.

Es gibt kein Buch, über dessen Titel man sich einig oder uneinig sein kann.

Es gibt kein Buch.

Alles andere gibt es. Das Haus gibt es. Die Pfingstrosenpflanzen in ihrem wandernden Halbschatten. Die Stockrosen an den Bambusstäben wachsen zehn Zentimeter am Tag, *Ingrid Bergman*, entlaust und an der Fassade angebunden, die *Heuchera micrantha*.

Den Wilden Wein an der Brandmauer, die Clematis am Spalier, Efeu und Geißblatt, die Kartoffeln im Kartoffelacker, die Kresse am Zaun, der Klebsamenbusch an der Dorfstraße, ein purpurfarbenes Stiefmütterchen, das vom Keim zur Pflanze überlebt und vier Monate lang ununterbrochen geblüht hat; alles lebt und wächst und gedeiht.

Was aus den umgepflanzten Pfingstrosenresten wird, wird sich zeigen, geben tut es sie.

Den offenen Kamin, in dem ich aufrecht stehen könnte, könnte ich aufrecht stehen. Den Fernseher und damit die Möglichkeit, die Nachrichtenprogramme zu sehen und *Questions pour un champion*. Die Möbel aus dem teuren Einrichtungsgeschäft und von den Flohmärkten, den roten Kühlschrank von Conforma gibt es, Teller, Schalen, eine Fayenceschüssel aus Quimper gibt es.

Alles gibt es, bis auf das Buch.

Etwas so nichtvorhandenes wie dieses Buch gibt es gar

nicht, und ich mit. Auf meiner Seite der Wirklichkeit gibt es nichts, gibt es nur nichts; nur Abwesenheit, Mangel. Kein Buch, kein Ich.

Madame C sieht, dass etwas mit mir geschieht, dass ich blass werde. Überzeugt davon, dass dies die Schöpferkraft ist, die zuschlägt, drückt sie mir die Hände. »*Bon courage* mit dem Schreiben. Lassen Sie die Schöpferkraft frei. *À demain.*«

Wie im Dunkeln ein Leuchtfeuer sprüht der Brillant seine Lichtreflexe, als Madame C graziöser denn je in ihren rotlila Renault einsteigt.

Es gibt kein Buch.

»Adieu, Madame C.«

»*So werden die Herzen auseinander gerissen*«, sagt die Tochter des Gottes Indra in *Ein Traumspiel* von August Strindberg. Hätte August Strindberg nicht sein Traumspiel geschrieben, gäbe es kein »Traumspiel« von August Strindberg, ohne Schreiben keine Dramen, keine Bücher.

Es gibt eine schreckliche Krankheit, die sich darin äußert, dass der Kranke zum Gefangenen in seinem eigenen Körper wird. Unbarmherzig, Stück für Stück, verschließen sich die Muskeln. Am Schluss nähert sich die Krankheit der Lunge und dem Herzen, und dann ist es vorbei.

Die Krankheit ist unheilbar, man versteinert und stirbt. Nur Männer werden von dieser Krankheit betroffen, deshalb stimmt die Metapher nicht, ich bin ein Opfer des Paradoxon. An der Grenze des Wahnsinns stehe ich versteinert auf der Schwelle zu meinem Haus.

Ich muss hineingehen zum Computer, der Rechner summt sein Zwangslied, muss muss muss.

*Die Menschen tun mir leid*, ruft die Tochter des Gottes, als sie sieht, wie es den Menschen geht.

Es ist schade um die Menschen, und dagegen lässt sich nichts unternehmen.

Von Panik wie versteinert stehe ich da und höre das Pochen des Bluts in den Ohren, der Hammer schlägt an den Amboss, dass mir der Schädel bebt.

Die Panik wächst, füllt die Türöffnung, ich komme nirgendwo hin.

Da stecke ich im Türrahmen fest und werde sterben.

Ich will ein Buch schreiben über meine erste Zeit in Finistère, aber das geht nicht.

Was ich einzufangen versuche, wird zu Wörtern, nichts als Wörtern, und das ist unerträglich.

Ich will das Paradies zu Papier bringen, aber wenn ich das tue, stirbt es.

Trotzdem habe ich Lust, es zu probieren, das ist ein Teil meiner Identität, ohne die habe ich kein Ich.

Die Lust gibt es, aber ich bekomme das nicht zusammen.

Es gibt nicht einmal einen Stoß trockener Blätter, zum gemeinsamen Verbrennen mit den Blättern der Rosenhecke, den schwarzfleckenkranken Blättern.

*Kranke Blätter einsammeln und verbrennen* steht im Gartenbuch. Ich verbrenne das Gartenbuch, die Funken sprühen zum Himmel und vereinen sich mit den Sternen, den wunderbaren Sternen in Finistère, wie Risse in der Himmelsleinwand vor der Ewigkeit.

Was ich übermitteln will, sind die Sterne selbst, ist die Dämmerung und die Freude, das Evangelium soll hervortreten, aber nicht die Predigt.

Ich bin bis zum Rand angefüllt mit Freude, aber was hilft das.

Ich will über die Freude schreiben, nicht herumlaufen und froh sein.

## *Die Müllkippe in Quimperlé*

WENN ICH ein Tief habe, fahre ich zum Éléphant Bleu.

Der Éléphant Bleu ist eine Autowaschanlage, wo man unter einem Schild mit einem blauen Elefant, der mit dem Rüssel Wasser über sich spritzt, sein Auto selbst wäscht.

In der Zeit, als es mir Tag für Tag nicht gelingt, mit dem Buch in Gang zu kommen, während der fünf Monate, die vergangen sind, seit ich zu Madame C sagte, man müsste ein Buch schreiben, bin ich oft im Éléphant Bleu, manchmal mehrmals am Tag.

Ich füttere den Münzautomaten mit einer Zehnfrancmünze nach der anderen. Waschen und spülen und nachbehandeln, und dann wieder von vorn.

Es schäumt.

Jedes Mal, wenn ich in meinem glänzenden Auto vom Éléphant Bleu wegfahre, fühle ich mich besser. Die klebrige Schicht Missmut wegen des Buchprojekts ist abgespült.

Eine Weile.

Es wird schon gut werden.

Madame C steht diesem Autowaschen negativ gegenüber. Den psychologischen Effekt wedelt sie mit ihrer schlanken Hand weg. Psychologie ist nicht Madame C's *cous-cous.*

Madame C meint, ich solle meine Zeit dem Buch widmen.

Wenn ich sage, mit dem Autowaschen widmete ich mich dem Buch, sagt sie *psschitt* und macht dazu eine Geste wie Jacques Chirac im Fernsehen, und womit genau ausgedrückt ist, was sie hätte sagen wollen.

»*Psschitt*«, sagte Madame C und minimiert mein Autowaschargument in derselben Weise wie Chirac die Summe minimierte, die er den Steuerzahlern unterschlagen haben soll.

Gäbe es einen Weg zum Éléphant Bleu, der nicht bei Madame C vorbeiführt, würde ich ihn nehmen, aber es gibt keinen. Könnte ich irgendwie direkt zu Madame C sagen, das hier mit dem Éléphant Bleu, das ist meine Angelegenheit, und mischen Sie sich da nicht ein …, aber das kann ich nicht.

An meiner Unfähigkeit, klar und selbstverständlich zu sagen, so ist es, hat sich auch in Finistère nichts verbessert. Ich bin nachgiebig und feige. Ein widerlicher Zug, den ich nicht ausstehen und nicht ändern kann.

Wenn mich wegen meiner Unverbesserlichkeit die Wut packt, wegen aller meiner Fehler, die einfach da sind, ich bestehe aus Fehlern. Wenn mich die Borniertheit der Welt verrückt macht, wenn ich alle Gruben gegraben habe und alle Steine aus dem Weg getragen habe, wenn das Auto so sauber ist, wie es nur sein kann, wenn nichts übrig geblieben ist, das mit meiner Wut fertig wird – außer ihr Opfer zu werden, dann fahre ich zur Müllkippe nach Quimperlé.

Mir wird oft Hilfe angeboten, bei den schweren Sachen, aber da ich dort bin, weil ich es selbst tun will, lehne ich freundlich aber bestimmt ab.

Es ist, um meine Wut zu erleichtern – die angeborene, geerbte und stets und ständig erneuerte – warum ich hier bin.

Allein dass diese Wut sich ständig erneuert, dass sich alte Irrtümer und Fehler stets aufs Neue wiederholen, ist ein Grund, wütend zu sein. Die Wut ist meine, nur ich kann etwas gegen sie unternehmen, und nichts regt mich mehr auf, als wenn jemand sagt, du musst dich doch nicht so aufregen.

Müsste ich nicht?

Ich müsste noch viel empörter sein, als ich es je sein werde, und ich werde auch nicht den Bruchteil so empört sein, wie die Verhältnisse es rechtfertigen.

»Du brauchst nicht so empört zu sein.«

Oder: »Warum bist du so wütend?«, wie der Handelsminister in meinem früheren Vaterland sagte, als ich die Gelegenheit ergriff, sein geglättetes buntes Bild der Verhältnisse im Lande in Frage zu stellen.

»Warum bist du so wütend auf mich?«

Warum nicht? Ich bin nicht per du mit dir, und ich bin nicht wütender auf dich als auf andere Sozialdemokraten, die weder sozial sind noch demokratisch, und die allen Bodenkontakt verloren haben, wenn sie ihn je hatten.

Lionel Jospin wurde als ehemaliger Trotzkist *entlarvt*. Das füllt die Zeitungen hier in Finistère und die überregionalen; dieser sozialdemokratische Jospin war in seiner Jugend Mitglied einer politischen Vereinigung, die auf dem Gedankengut Leon Trotzkis aufbaut.

Entlarvt.

Einmal an etwas geglaubt zu haben, ist das schlimmste Verbrechen, dessen ein sozialdemokratischer Politiker heute beschuldigt werden kann.

Ich vermisse meinen wütenden Vater. Über wie viel könnten wir einig sein, uneinig zu sein. Oder uneinig zu sein, dass wir einig seien. Aber trotzdem immer uneinig darüber, welche Schlüsse gezogen, welche Mittel angewendet werden dürfen, um das eine oder andere durchzuführen.

Mir ein Abonnement der *Nachrichten aus der Sowjetunion* zu schenken, als ich in den Fünfzigern bei so einer rechten Tante in Pension lebte, die Kolumnen für die Lokalzeitung schrieb – verdammt, Papa!

Ich lade Schrott ab in der Müllkippe von Quimperlé. Wuchte und werfe mit all der Kraft, die ich in fünfundfünfzig Jahren angesammelt habe, ein kaputtes Waschbecken auf den Boden eines halbleeren Containers. Kacheln mit einem Sprung, Zementklumpen, eine Rolle rostigen Eisendraht, Blecheimer, Wandtäfelungen, Metallstreben, ein kaputtes Radio. Ein angeschlagenes WC, eine Zementwanne, Klinker gegen Klinker. Blech gegen Blech. Voller Wut einen rostigen

Badezimmerschrank wegzuschmeißen gibt mir mein Gleichgewicht nicht zurück, weil ich nie eins hatte, hinterlässt aber im Körper trotzdem das Gefühl einer gewissen Balance. Das erfordert alle Muskelkraft, die ich bei der Gartenarbeit bekommen habe.

Ich schmeiße den Badezimmerschrank weg.

Die Männer, die auf der Müllkippe arbeiten, nicken.

Sie schmeißt Badezimmerschränke weg.

## *Freiheit des Fremden*

Seit meiner allerersten Zeit in Finistère, als ich viel Zeit mit Monsieur Le R zusammen war, hat mich die Sache mit dem Fremdsein beschäftigt.

Schon seit meiner ersten Zeit auf Erden hat es mich erstaunt; und bei meinen Versuchen, mit dem Buch anzufangen, ist es mir immer wieder in den Sinn gekommen. Ich bin in Finistère eine privilegierte Fremde, mich betrachtet man höchstens als bizarr, mit meiner Sprache und meinen Eigenheiten, aber wie wäre es gewesen, wäre ich aus einem Land außerhalb dessen gekommen, was sich in meinen Formularen Europäische Gemeinschaft nennt?

Ich will von Madame C hören, wie verbreitet solche Menschen wie Monsieur Le R in Finistère sind.

Wie oft habe ich in diesem Jahr nicht Lust gehabt, zu Monsieur Le R zu fahren und ihm in seinem wohlgeordneten Garten ein paar ordentliche Fuhren Freiheit, Gleichheit, Brüderlichkeit zu bringen, aber schließlich war die Unlust doch immer größer als die Lust.

Stattdessen will ich mit Madame C über die Angelegenheit sprechen. Sie weiß, dass sich ein Kind nicht aussucht, wo seine Wiege stehen soll. Diese Grundvoraussetzungen muss man ihr nicht auseinandersetzen.

Madame C ist im Garten, als ich komme. Kniend rupft sie rund um ihre Auberginen Unkraut mit einem speziell vorgesehenen Gerät und mit einem speziell vorgesehenen Kissen unter den Knien.

Im Schatten der Linden in Madame C's Garten sitzen die Söhne. Alle drei Söhne sind da. Als sie mich sehen, rufen sie »*bonjour* Madame« und winken mit ihren Zigaretten.

Diese drei Söhne, von denen ich so viel gehört habe, diese Märchensöhne – hier sind sie alle drei. Zwei Blonde und ein Dunkler.

Der Dunkle muss dieser *rappeur* sein, mit dessen Jargon Madame C ihre Sprache würzt, er zupft an einem Saiteninstrument. Bekleidet mit einem knöchellangen Kaftan und das Haar zu vielen Zöpfen geflochten wirkt er wie aus Tausendundeiner Nacht. Schwarzer Pony, um die Augen lila, bisschen zu viel vielleicht, aber ich gehöre ja auch nicht zur Zielgruppe. Leider, kann man denken, oder aber zum Glück.

Madame C entdeckt mich, ruft *»bonjour«*, zieht ihre kleinen Gartenhandschuhe aus und streckt mir die Hände entgegen.

»So ein Glück, dass Sie vorbeikommen«, sagt sie, »so selten sind wir alle hier versammelt, Sie haben wohl gar nicht mehr geglaubt, dass ich Söhne habe«, sagt sie und lacht perlend und stellt mir ihre Söhne vor.

Christian, der älteste, arbeitet für Ärzte ohne Grenzen in Ulan Bator.

»Madame«, sagt Christian und steht auf.

David, der Mittlere, ist Surfer und meistens weg, auf irgendeinem Riff in Australien, »Madame«, und der jüngste, Benjamin, ist gerade von einer Europatournee nach Hause gekommen.

»Wie üblich von der Grenzpolizei grün und blau geprügelt«, sagt Madame C, »vielleicht ein bisschen mehr als sonst, ein paar Schläge mehr als letztes Mal.«

Benjamin und Madame C schlagen die Handflächen so gegeneinander, wie sich junge Leute im Kino begrüßen, eine Art zu grüßen, die sich *high five* nennt.

Mich begrüßt er mit einer Verbeugung, »Madame« und entschuldigt sich, dass er nicht aufstehen kann. Die Grenzpolizisten haben dieses Mal gegen die Knie geschlagen, und nicht nur ins Gesicht und an den Hinterkopf.

Wäre ich Madame C, wäre ich wahnsinnig wütend, vollkommen sinnlos, während Madame C sachlich und stolz konstatiert, dass es wegen des Aussehens ist, weshalb ihr Sohn Prügel bezieht. Und diese kompromisslose Natur habe er von seinem Vater, diesem leidenschaftlichen Mann, mit dem sie einige Jahre nach ihrer letzten Ehe zusammen lebte.

»Da bleibt nur, die übliche Anzeige beim Europäischen Gerichtshof einzureichen«, sagt Madame C. »Mit so vielen Fakten und so unangreifbar wie möglich, klar und gut geschrieben. Sie ist schon abgeschickt, wir können nur die Bestätigung des Eingangs mit der Nummer des Journals abwarten und in die Mappe für den Europäischen Gerichtshof einlegen.«

Bei Konzerten in Europa rappt Benjamin die Texte der Anzeigen, und auf der nächsten CD wird dieser dabei sein. Madame C und Benjamin schlagen bekräftigend die Handflächen gegeneinander.

Wie andere an die Unbefleckte Empfängnis glauben, glaubt Madame C an den Europäischen Gerichtshof.

Meinen Besuch nimmt sie als Zeichen, dass es mit dem Schreiben vorangeht.

»Ich sehe, Sie machen eine schöpferische Pause.« Sie lächelt ihr bedeutungsvolles Lächeln und legt den Zeigefinger mit einem heute dunkelroten Nagel auf den Mund.

Nicht einmal den Söhnen hat sie von dem Buch erzählt, flüstert sie, und verrät im selben Atemzug, Benjamin sei sehr gespannt darauf, es zu lesen.

Dann sitzen wir den ganzen Nachmittag zusammen unter den Linden und rauchen Zigaretten. Benjamin begleitet, die beiden anderen und Madame C singen mehrstimmig keltische Volkslieder.

Keltische Volkslieder sind nicht mein *cous-cous*, aber ich summe mit. Die wehmütig schönen Töne erinnern mich an Volkslieder von zu Hause und ihr ewiges Klagen, Blumen, die verwelken, *Kleiner Hans*.

Eine europäische Wehmut überwältigt mich, ich sehe zu Madame C hinüber, unsere Blicke begegnen sich. Wir haben beide Tränen in den Augen. Große runde Tränen, wie Kristallkugeln, sie gibt mir ein Taschentuch, wir schnäuzen uns. Worauf wir aufstehen, die Handflächen gegeneinander schlagen und gleichzeitig und nachdrücklich, vorwärts blickend, *all right* sagen.

## *Unter der Esche*

Ein gesegneter Vormittag im Juni. Als nach diesem Regenwinter endlich die Sonne und mit ihr die Wärme kommt, explodiert der Garten in Grün.

Die Wicken blühen, die Jasminbüsche stehen wie parfümierte Wächter zu beiden Seiten der Tür zum Gartenschuppen, dessen Schattenwand Efeu bedeckt. Als ich den Schuppen im Sommer ziegelrot gestrichen habe, war das, damit das dunkelgrün Glänzende des Efeus mit dem Braunrot des Schuppens kontrastieren sollte, und das tun sie.

Kleine Pflanzen gedeihen in Sonne und Schatten. Pflanzen, deren Namen ich nicht weiß, weil ich sie vergessen habe, oder weil ich sie als Sonderangebot gekauft habe.

Weil ich nicht wissen will. Monsieur Le R stellte kleine Schilder auf, wo er Samen ausgesät hatte. Winzige Schilder, auf die er mit winzigen Buchstaben Datum und Sorte schrieb, und die er mit Hilfe der Schnur schnurgerade in seinen Beeten aufstellte, um nicht zu vergessen, was er gesät hatte.

Ich will vergessen. Dann wird die Überraschung umso größer, ich bin vom Morgen bis zum Abend im Zustand des Erstaunens.

Kleine Büschel schwarzer Kleeblätter, die plötzlich weiße Glocken auf zarten Stielen bekommen. Hellgrüne Kleeblätter mit schockrosa Glocken, Kakteen mit flaumigen Blütenknospen. Das Purpurglöckchen, *Heuchera micrantha Palace Purple*, eine dunkellila Waldpflanze, vier Stück.

Die Rosen verbreiten ihren Rosenduft, die dunkelroten gefüllten, groß wie Kohlköpfe. Wie die Pfingstrosen in den kommenden Sommern ihren Duft verbreiten sollen und ihr Duft sich mit dem Rosenduft mischen soll.

Aus der Terrasse ist ein Zimmer mit dicht belaubten Wänden aus Grün geworden, über meinem Kopf hängen in Büscheln die Blüten des Geißblatts.

An den Spalieren kletternd, winden sich die Kletterglockenrebe *Cobaea* und Lianen aus brandgelb blühender Kapuzinerkresse umeinander. Die Clematis wirft riesige blauviolette Blüten an zarten Ranken.

Als ich Ende Oktober die Pergola zusammennagelte, regnete es heftig, so dass die Latten, die ich aufzurichten und zu kreuzen versuchte, umfielen. In Regenzeug und Gummistiefeln hämmerte ich gegen den Sturm an. Fluchte und nagelte, das Wasser lief den Rücken herunter, aber schließlich stand das Spalier.

Dass sich dieses unzureichende Klettergerüst jetzt unter Blüten und Laub versteckt, ist ein Wunder. Hoffend, dass es so werden würde, hämmerte und nagelte ich weiter, statt hineinzugehen und ein Feuer im Kamin anzuzünden.

Ein Wunder.

Ich müsste in meinem Arbeitszimmer am Computer sitzen und an dem Buch schreiben, aber ich wäre verrückt, wenn ich das an einem Tag wie heute tun würde.

Kann man einen paradiesischen Tag wie diesen in Finistère nicht würdigen, hat man hier nichts verloren.

Ich muss das Buch schreiben, aber tue ich das jetzt, bin ich nicht recht gescheit. Es kommt mir vor, als hätte ich noch nie so viel Zeit gehabt wie jetzt, ich zähle die Tage, bis das Buch zum Druck gehen soll.

Zwei Monate plus vier Tage, das sind fünfundsechzig Tage.

65 Tage plus 65 Nächte.

1560 Stunden.

93 600 Minuten. Dehnt man jede Minute zu der Länge aus, die eine Minute hat, wenn man wartet – eine Minute lang wie ein Jahr, das kennen alle – sind es fast 100 000 Jahre, bis das Buch fertig sein muss.

Es ist sehr ruhig. An der Grenze zur Windstille. Alle Zeit der Welt, um das Buch zu schreiben. Ich kann die Sonne in meinem Garten genießen, bis die Erwärmung unseres Planeten ihn zur Sonne gemacht hat.

Der Himmel ist blau, eine leichte Brise bewegt die Kronen der Eschen. Blütenduft mischt sich mit dem schwachen Rauch von verbrannten Zweigen und Lorbeerblättern.

Alles bewegt sich und alles ist still.

Das Licht flirrt wie bei Monet, es ist ein Tag wie von den Impressionisten gemacht. Ein Tag, um auf dem Rücken im Gras zu liegen und die vielfingrigen Blätter der Esche zu betrachten. Den Körper eins werden lassen mit der Unterlage, das federnd Leichte des Grases am Rücken spüren. Das Ohr an die Erde legen und die Maulwürfe in ihren Tunneln murmeln hören. Still liegen wie ein Spion, zuhören und auf Informationen hoffen, wie ich sie nach ihren eigenen Maulwurfsbedingungen verjagen kann.

Es ist ein Tag, um auf dem Rücken zu liegen und ein Buch zu lesen, ein Tag, um Proust zu lesen. Die langen Sätze fließen lassen und glücklich feststellen, dass es geht, man kann wie Marcel Proust schreiben. Die Augen schließen und beim Duft von Jasmin und Rosen einschlummern.

Es ist ein Tag für Träume, für die schöpferische Pause.

Ich lege mich mit ausgestreckten Armen unter eine Esche auf den Rücken, bis das Gras über mich wächst und ich endlich ruhig werde.

## *Krieg der Welten*

Ich will ein Buch über meine erste Zeit in Finistère schreiben, Es aber nicht.

Ich will, aber Es will nicht, dieses blöde riesige *Es*, das mir ein Bein stellt – ich Ärmste! Wo ich doch Madame C mein Wort gegeben habe.

Selbstverständlich will ich das Buch nicht für Madame C schreiben, weder für noch an Madame C und ganz bestimmt nicht für mich selbst. Schreiben, um etwas loszuwerden – was für eine unangenehme Vorstellung. Wie öffentlich auf die Toilette gehen. Die Trauer, die Enttäuschung, den Schmerz schreiben.

Lässt sich Trauer durch Schreiben loswerden, ist sie ihren Namen nicht wert.

Ein gewisses Maß an Trauer braucht der Mensch, um seine Würde zu behalten.

Nicht ich und meine Gefühle sind von Interesse. Ich bin interessiert an dem, was passiert, nicht daran, dass es mir passiert. Auch wenn das Buch in der Ichform geschrieben sein wird, ist es nicht das Ich, das im Zentrum stehen wird. Nicht mein Ich und nicht mein Körper.

Dieser im großen Ganzen dienstwillige Körper ist uninteressant. So làlà halt. Aber so praktisch, eine so klare und gute Grenze. Hier, mit der Außenhaut endet er. Außerhalb beginnt das andere. Draußen in dem anderen ist es praktisch, den Körper um sich zu haben, um zu zeigen, dass dort der Fremde ist und als solcher respektiert werden muss.

Um zu erleben, was geschieht, dafür brauche ich mich. Das bedeutet, mich als Zeuge zu haben, zuverlässig oder nicht, ich bin hier, ich sehe, ich habe gesehen. Es braucht ein Ich, um zu erfassen und zu spüren. Die Gezeitenwechsel und die Wechsel der Jahreszeiten müssen von jemandem erfasst werden, wie dieser ewige Baum im Wald, der still wird, wenn niemand da ist, um ihn zu hören.

»Nicht das Ich ist die Hauptperson, Madame C. Das ist Finistère und was dort geschieht, das Geschehen selbst ist es, die Veränderung.«

Das unerhörte Grün des Sommers, der rostfarbene Herbst, der violette Winter in Finistère. Das intensive Lila der Felder, die Baumstämme, meine beiden Eschen. Das violette Licht über dem Feld zwischen Regenschauern. Der Frühling mit seinen zarten Sepiatönen und wieder das Grün.

Das, was ein Körper durch die Sinne wahrnehmen kann – das ist das Interessante. Die spezifische, einzigartige und sonderbare Welt, die stirbt, wenn ein Mensch es tut, die unersetzliche Welt, die dann vergeht. *Fin des terres. Finis Terrae.* Ende der Welten. Man muss nicht einmal sterben, um seine Welt zu töten, es reicht, darüber schreiben zu wollen.

Ich will kein Buch schreiben über die Unmöglichkeit, ein Buch über Finistère zu schreiben, genauso wenig wie ich ein Buch über Finistère schreiben will. Weder über, für, zu, noch weg von. Finistère an sich will ich schreiben und das geht nicht, ohne es zu vernichten.

»*Écrire c'est finir,* Madame C. Schreiben ist zerstören.«

Da ich die Sprache nun einigermaßen kann, schaffe ich es – nach meinem Maßstab – mit Madame C so zu argumentieren, und das hasst sie.

Es gibt nicht viel, was Madame C wütend macht. Aber es macht sie verrückt, wenn ich philosophisch werde.

»Schweigen Sie auf der Stelle – *immédiatement* – davon«, sagt sie. »Nicht ein Milligramm Metaphysik mehr.

Schreiben Sie Ihr Finistère, vor, oder weg von, zu oder auf, *n'importe quoi,* aber tun Sie es. Machen Sie, was Sie wollen, aber machen Sie es. Bitte schweigen Sie und schreiben Sie.«

In meine Sprache übersetzt klingt »schweigen Sie« hart. Vielleicht schweigen Schwedischsprechende, weil sie nicht riskieren wollen, mit dieser Härte konfrontiert zu werden. Aber wenn Madame C *taisez-vous* sagt, klingt das gewiss nicht hart.

»Schreiben Sie es aus dem Herzen, wie Musik. Schreiben Sie Ihr Glück. Schweigen Sie und schreiben Sie.«

»*Impossible*, Madame C.«

Das Glück hat keine Dramatik. Ohne Krise wird das Geschriebene nicht spannend, es wird uninteressant und überflüssig.

»Es gibt zu viele Bücher«, sage ich zu Madame C.

»Kein glückliches Buch«, antwortet sie flink wie eine Schwalbe.

»Das geht nicht«, sage ich. »Sein Glück zu schreiben bringt nichts als Platitüden hervor. Das Glück schreibt weiß, Madame C.«

»Schreiben Sie es«, sagt sie. Sehr kurz und bündig und diamanthart.

Sehr lang und vage versuche ich Madame C klarzumachen, warum es unmöglich ist.

»Eines Tages öffnet man früh am Morgen die Haustür. Tau bedeckt alles im Garten. Der Drahtzaun schimmert vom Tau, alle Pflanzen, die Gartenpforte, Spinnenweben sitzen zwischen den Blütenstängel, tausende kleiner Spinnweben.

Der Tau glitzert in den Spinnweben, leuchtende kleine Blasen aus Tau, jede einzelne leuchtet. Alles ist weiß und schimmernd. Weich. Der Garten ist nicht hinter dem Tau verborgen, es liegt kein durchsichtiger Tauschleier über dem Garten, im Gegenteil. Alles wird hervorgehoben, ist wie mit leuchtenden Konturen nachgezeichnet. Deutlich und doch schwerelos.

Den Pfad zur Meeresbucht hinuntergehen, sehen, wie tausende kleine Spinnweben in den Weißdornsträuchern glitzern, heißt, diese wahrnehmen, sehen, dass sie da sind.

Schreiben heißt, diese Spinnweben zu zerreißen, schreiben heißt, den leuchtenden Tau mit der Rosshaarbürste wegzuschrubben.

Eine taufrische Rose ist eine taufrische Rose und die sieht nicht wie eine taufrische Rose aus. Eine taufrische Rose ist nicht rotsamten mit einer Tauperle in der Mitte, eine taufrische Rose ist sonderbar und wunderbar. Wie ein freigelegtes Herz, das weiße Häutchen von Tau über den purpurroten Kammern der Rose.

Der Vergleich, Madame C, der Vergleich ist aller Dinge Fluch und Tod, eine taufrische Rose ist eine taufrische Rose.

Alles Geschriebene ist konstruiert, zerstört.

Nur das was ist, ist.

Das Glück ist an sich, Madame C.

Das Glück schreibt weiß.«

Madame C hat genug, jetzt explodiert sie. Der Brillant blitzt messerklingenscharf und durchschneidet die Atmosphäre wie ein Schwert.

»Schweigen Sie, seien Sie still. Sie machen mich wahnsinnig, schweigen Sie und schreiben Sie. Ins Haus mit Ihnen. Sie haben keine Zeit zu verlieren! *Allez!*«

Madame C wendet mir den Rücken zu, öffnet die Autotür, rafft ihr Kleid, setzt sich auf den Fahrersitz und befestigt den Gurt.

Ehe sie die Tür zuknallt, sagt sie, leise, aber mit unbestreitbar drohendem Unterton:

»Dann bis morgen.«

Ich bekomme nichts heraus, der Mund ist trocken wie ein versiegter Brunnen, die Lippen kleben an den Zähnen, mich schaudert.

Am ganzen überflüssigen Körper zitternd, sehe ich das rote Auto in Richtung Bäckerei verschwinden. Uneinig sind wir gewesen, und waren uns darin einig, uneinig zu sein, aber eine solche Wut habe ich noch nie bei Madame C erlebt.

Geahnt, aber nicht erlebt.

Ich bin erschüttert.

Wanke ins Haus, die Treppe hinauf.

Stelle den Computer an.

Starre auf den Bildschirm. Der Kasten mit dem Rechner surrt.

Das Licht des Monitors oszilliert. Ich starre vor mich hin.

Es wird dunkel.

Im Fenster spiegelt sich ein Gesicht, weiß, flimmernd.

So viele Jahre hinter dem Weiß, so viel Erfahrung, Gefühl und Wissen darin eingeschlossen. Der Mund ein dunkler Brunnen, die Augenhöhlen, das Gesicht flimmert und verschwindet.

Der Mond ist aufgegangen.

Nacht in Finistère. Mondlicht. Ich gehe in meinen Garten.

Ich müsste schlafen, aber wie sollte ich das können?

Schlafe ich jetzt, kann ich es ebenso gut immer und ewig tun, der Mond erleuchtet den Garten, man sieht bei den Eschen jedes einzelne Blatt.

Im Mondlicht scheinen die Düfte sichtbar zu sein, leicht, schwebend.

Als silberner Streifen glitzert das Meer zwischen den Kirschbäumen in den Gärten der Nachbarn, die Früchte schimmern wie Ebenholz.

Ich folge dem Streifen und gehe zur Bucht hinunter. Stehe am Strand, habe den Atlantik vor mir, die Klippen schützen die Bucht, die Flut kommt. Nicht heftig, sondern still wie Stahl unter dem Mond.

Wenn das ein Traum ist, träume ich ihn, dieses einzelne Ich in dem großen Traum. Der Traum, dieses einsame Ich.

## *Tage voll Scham*

Zeit vergeht. Lang oder kurz, was weiß denn ich – in Intervallen, an denen ich nichts ändern kann, leuchtet das Dachfenster auf und wird dunkel.

Ich ziehe den Telefonstecker heraus. Gehe Madame C aus dem Weg, gehe allem und allen aus dem Weg. Fahre nicht einkaufen, gehe nicht hinaus.

Der Ernst hat mich eingeholt.

Was mache ich eigentlich?

Wer glaube ich, dass ich bin?

Ich halte mein Spiegelbild nicht aus. Schließe die Fensterläden.

Das Auto steht in der Garage, aus dem Gästezimmer wird nichts, ich schaffe es nicht, Monsieur Godot zu holen.

Die Zeit der Verzauberung und des Redens ist vorbei.

Die Haut prickelt vor Scham, tausende Stecknadeln, schmerzhafte Stiche überall, auf der Kopfhaut, an den Fußsohlen, den Augenlidern.

Ein Jahr lang habe ich mich unmöglich gemacht; ein alter Mensch, der sorglos spielt, ist pathetisch und beschämend.

Wasser auf Pflanzen verschwenden, wenn die meisten Menschen auf der Erde nicht genug Trinkwasser haben.

Ich weiß, wie es um die Erde steht, trotzdem habe ich wie ein Kind im Planschbecken gespielt. Ich habe mit der Wirklichkeit gespielt, mich lächerlich gemacht, mich unmöglich gemacht. Man kann sich vor dem Ernst nicht davonstehlen, ich bin weggelaufen.

Großmutter und Momma – mit welchem Recht war ich respektlos den Toten gegenüber? Mommas Ängsten, Großmutters Ehrfurcht vor dem Kapital.

Meine Mutter und die steinerne Einfriedung – warum half ich ihr nicht bei den Steinen, diesen im Norden gegen die Gebirgswinde unerlässlichen Steinen?

Ihre Steineinfriedung musste sein, mein Steingarten ist ein Spiel, ein so tun, als ob.

Die politische Überzeugung meines Vaters – seine Utopie ging in die Binsen, und dennoch hielt er daran fest.

Mein Großvater half ein Land aufzubauen, in dem Kleinbauern, Knechte und Idioten genauso viel wert waren wie die Reichen.

Solidarität war für meinen Großvater nicht nur ein Wort, er lebte sie. Statt seinen Traum am Leben zu erhalten, habe ich ihn betrogen, gekränkt.

Ich sprudle Worte hervor wie eine Fünfjährige.

Alle die verschiedenen Arten, das Leben zu betrachten, sind verlogen, es gibt nur eine Art, dem lässt sich nicht entkommen.

Die dunkle Perspektive ist die gültige, denn sie ist wahr.

Ich bin es, die sich nicht von Waffen verabschieden mag. Mit Worten als Munition und der Sprache als Waffe war ich bereit, gegen das anzugehen, das mir nicht passt.

Meine Selbstgerechtigkeit ekelt mich, wie kann man sich nur so unmöglich machen, du liebe Güte.

Dass mir die Worte fehlen, ist wie es sein soll, es gibt keine Worte dafür, wie lächerlich und irrelevant ich bin.

An meiner Wut ist nichts heilig, ich habe nicht das, was nötig ist, um mit ihr umzugehen.

Scham erfüllt mich. Ich vergleiche mich mit Madame C, ihrem selbstverständlichen Wesen, ihrer Klarheit. Kein Sprudeln.

Als ich ihr Auto an der Pforte anhalten höre, das Geräusch des Motors, sehe ich sie vor mir, sehe, wie sie selbstverständlich aussteigt, sich in meinem Garten umsieht, wie sie feststellt, dass ich nicht da bin, und für gegeben annimmt, dass ich schreibe. Wie sie vorsichtig die Autotür schließt und davonfährt, um den schöpferischen Prozess nicht zu stören.

Es gibt keinen schöpferischen Prozess.

Es gibt nur die Scham.

Was soll ich jetzt tun, wohin soll ich gehen?

So weit weg und ganz allein, meine Freunde haben Recht. Sie meinten es gut, und ich habe sie im Stich gelassen.

Alle lasse ich im Stich. Verrate ich, liefere aus.

In meiner kleinen Welt aus Rosen habe ich gespielt – jetzt werden die Dornen ausgefahren.

Der Garten – wozu?

Mein Garten wird nicht gebraucht, er ist unnütz, bedeutet nichts, ist ein Sommervergnügen, und jetzt ist Herbst.

Die Sommersprossen auf meinen Händen sind dunkel geworden, sie breiten sich aus, ich ertrage nicht, sie zu sehen, schraube alle Glühbirnen heraus.

Ein scharfes Licht fällt durch das Dachfenster, direkt von oben. Es geht durch mich durch, wie bei einem Blitzschlag spüre ich, wie das Herz stillsteht. Ein bösartiger Tumor in meiner Brust, gleich ist alles Asche, bald übernehmen die Schnecken.

Schnecken werden die Wände im Haus bedecken, Schleimspuren werden sich über den Fernseher hinziehen, in den Ecken werden Spinnweben hängen.

Fledermäuse, stumm schreiend.

Die Hoffnung ist draußen, ich bin eingeschlossen mit der Scham. Sie hat mich eingeholt.

Niemand ist zu Hause, alles ist Scham.

## *Das durchsichtige Herz*

Ich habe nichts gelernt, bin kein *neuer Mensch*. Man hat seine Tage voll Scham.

Es geht weiter.

Man hat sein Leben, das wird nicht ausgetauscht.

Eines Tages Ende Juli, am vierundzwanzigsten Juli zweitausendeins, die deadline für das Buch ist der erste August, kommt die Inspiration.

Der Deckel in meinem Kopf hebt sich, die Dunkelheit erhellt sich, die Schwellen senken sich. Stress und Anspannung lassen nach, die Kraft kommt, ich habe Zugang zu meinen Fähigkeiten. Ich kann.

Spüre, wie die Wörter strömen, aus welcher Quelle, weiß ich nicht, aber die Quelle fließt über. Ich gerate in diesen gesegneten Zustand, der sich Flow nennt, weil der Kenntnisfluss, der aufgestaut und unzugänglich war, plötzlich wieder frei fließt. Es fließt, ohne dass der Mensch etwas tun muss, ohne Anstrengung strömt es, zusammenhängend.

Klar wie Quellwasser.

Das Buch ist fertig, es ist ganz und gar fertig. Von dort, wo es aufgestaut gelegen hat, ist es geflossen, und jetzt ist es fertig.

Nur noch aufschreiben.

Wie auf einer Filmleinwand entrollt sich der Plot. Der Aufbruch, die Reise, das Suchen. Widerstand, Krise, das Versprechen für das Buch, Monsieur Godot, Monsieur Le R, die Maulwürfe. Wie in einem griechischen Drama rollt die Geschichte auf die Katharsis zu.

Inhalt, Ton, Form – alles liegt offen zutage.

Das Buch muss in der Ichform und im Präsens geschrieben werden.

Was passiert, muss im Jetzt des Buchs passieren, und es geschieht fiktiven Gestalten. Alle Ähnlichkeit mit lebenden Personen ist unbeabsichtigt, das ist ein Roman, ein Prosatext mit erfundenen Personen, erzählt in der ersten Person Singular.

Nichts, was in meinem Buch passiert, passiert in der von mir mehr und mehr geschätzten Wirklichkeit, alles passiert auf den Buchseiten zwischen dem Text und dem Leser, und jetzt weiß ich, wie es sein soll.

Es wird eine helle Geschichte sein. Aber damit die Augenblicksbilder die Seiten erhellen können, muss der Hintergrund dunkel sein.

Die Komposition soll direkt aufs zentrale Nervensystem zielen, wie Musik.

Es soll die Geschichte werden, die sich Madame C nie hätte wünschen können, weil es die Geschichte, wie ich sie schreiben werde, nie gegeben hat.

Zu den vielen Begrenzungen des Menschen gehört, dass er sich nicht wünschen kann, was er nicht kennt. Was sich ein Mensch wünscht, muss notwendig eine Negation dessen sein, was er weiß. Wie mein Aufbruch.

Ich wusste, wo ich nicht sein wollte, aber nicht, dass es ein Finistère gab, deshalb konnte ich mich nicht hierher wünschen.

Der Tag, an dem die Inspiration kommt, ist einer der heißesten des Sommers. Die Wicken sind verblüht und die Sonnenblumen, die ihren Platz eingenommen haben, blühen nach und nach auf, drei Meter hohe dunkelrote Sonnenblumen.

Ich bin mit meinen Papieren in den Garten umgezogen. Habe das Buch, das ich gerade lese, beiseite gelegt, *Memoirs de Finistère*, das Tagebuch eines armen Bauern aus dem neunzehnten Jahrhundert, belanglose Papiere und Kulturzeitschriften habe ich beiseite geschoben.

Alles, was zur Arbeit gehört, liegt auf dem Terrassentisch

bereit, Aufzeichnungen, Radiergummi, Obst, Mineralwasser, Zigaretten. Ich habe eine Kleinigkeit zu Mittag gegessen, und jetzt ist es soweit. Den Notizblock vor mir, den Stift in der Hand, auf der Erde ein paar Brotkrumen, die ein Rotkehlchen aufpickt.

Gerade als mein Stift auf dem Weg zum Papier ist, fällt mein Blick auf eine der Kulturzeitschriften. Der Blick erfasst einen Artikel über die Bedingungen des Schreibens einer Erzählung in Ichform, in der ersten Person Singular. Der Blick bleibt hängen. Ein international renommierter Kulturjournalist schreibt über das, was ich gerade tun will, ich betrachte das Zusammentreffen als gutes Omen und beschließe, den Artikel zu überfliegen.

Das hätte ich natürlich nicht tun sollen.

Der Mensch ist kein lernfähiges Geschöpf, ohne jeglichen Selbsterhaltungstrieb.

Ich lese den Artikel, in dem steht, dass eine Icherzählung im Imperfekt geschrieben werden müsse; eine Erzählung in Ichform müsse in der Vergangenheit berichtet werden, um akzeptiert zu werden.

Soll ein Ich erzählen, darf das nicht in der Gegenwart sein.

Damit eine Erzählung in der ersten Person ernst genommen werden kann, *muss sie das Trügerische der Erinnerung penetrieren, die Undurchdringlichkeit des Menschenherzens, die verdunkelnde Distanz zwischen Damals und Heute.*

Wie der Zeiger einer Uhr, die es nicht gibt, steht der Stift in meiner Hand still.

*Erzählen ist wiedererzählen*, steht da.

Erzählen ist erst gestattet, wenn Zeit vergangen ist. Erst nach dem Ende darf man den Stift aufs Papier bringen oder die Finger auf die Tastatur.

Beschränkter, absurder und idiotischer kann es nicht kommen – ich muss diese Erzählung aufschieben, bis meine Liebe zu Finistère vorbei ist, bis ich tot und erkaltet bin, muss ich warten. Die Erzählung muss genauso posthum geschrieben werden, wie Kafkas Bücher herausgegeben wurden.

Da der Artikel auf Englisch verfasst ist, hoffe ich auf ein Missverständnis. Dass ich etwas Tiefgründiges und Wesentliches überlesen habe. Mich trifft die Schuld, nehme ich an, weil ich kein Abitur gemacht habe. Lege den Stift weg. Hole die Lesebrille, die aber die ganze Zeit auf der Nase sitzt, und ein Lexikon. Schirme mich von allem Störenden ab – dem Duft des Geißblatts, den dunklen blauvioletten Blütenblättern der Clematis, die von der Pergola segeln, den riesigen Sonnenblumen und dem Rotkehlchen, das die Brotkrumen aufpickt.

Alles, was stört, muss weg; jegliche Nähe muss getilgt werden. Konzentration ist selektive Vernichtung, ich vernichte mich. Lese den Artikel langsam und gründlich – achtzehn eng bedruckte Zeitschriftenseiten –, die mit verheerender Autorität mein Projekt zunichte machen.

Dort steht, was ich glaubte, dass dort stand.

Das Todesurteil wird wiederum verkündet.

Wie schlecht aufgebaut und kraus gedacht der Artikel auch ist, mit seinen zweifellos doktrinären Thesen, mit seinen autoritären Schlussfolgerungen, mit seinen selbstsicheren Floskeln von der Undurchdringlichkeit des Menschenherzens gelingt es ihm, meine Inspiration zu vernichten und damit meine Erzählung im Präsens, erste Person Singular.

Eine Erzählung in der ersten Person muss sich unvermeidlich in der Vergangenheit abspielen.

Das sei unvermeidlich, steht dort – *inevitable.*

Dieses *unvermeidlich* trifft mich wie eine Kugel ins Herz, ein Genickschuss, eine Kreuzigung. Dieses *unvermeidlich* bohrt sich wie Nägel durch meine Hände, diese beiden Hände, die ich von Momma geerbt habe, von denen ich gerade die rechte benutzen wollte, um meine Geschichte damit anzufangen.

Damit eine Geschichte gut wird, muss alles Gefühl daraus entfernt sein, muss sie entwaffnet sein.

Distanziert.

Meine Erzählung wird für ungültig erklärt, und das ist unvermeidlich.

Dieses Argument der Macht – deine Sorte ist überflüssig, unnötig.

Du musst weg.

Wie Monsieur Le R in seinem schnurgeraden Garten die Menschen diskriminiert, diskriminiert der Autor des Artikels Erzählungen.

Der maßlose Zorn, der in mir aufsteigt, ist weißglühend und eiskalt.

Dieser maßlose Zorn richtet sich nicht nur gegen die Kränkung, der ich selbst ausgesetzt bin, wenn meine Erzählung für ungültig erklärt wird, jede bedrohte Erzählung erregt meinen Zorn.

Jeder Mensch ist eine Welt, die nur der einzelne beschreiben kann, und dann kommt da dieser Kulturfundamentalist und sagt, nur eine Sorte Erzählungen ist gültig. Es darf nur eine Sorte geben, und deren Gestalt ist festgelegt.

Zu behaupten, es gäbe nur eine Sorte Erzählungen, ist ein Verbrechen, genauso ernst wie Hetze gegen eine Volksgruppe. Es ist Hetze gegen Volksgruppen, Verbrechen gegen die Menschlichkeit.

Das Universum, das ein Mensch ist, nicht zu verteidigen, bedeutet den Gulag billigen. Dieser äußerste Individualismus ist die größte Demokratie – einer für alle, alle für einen. Wenn *einer* nicht respektiert wird, gibt es kein *alle*. So ist das.

Lasse ich den Vernichtungsartikel unwidersprochen stehen, wie ich vor einem Jahr Monsieur Le R unwidersprochen stehen ließ, bin ich schlimmer als Sultan Mehmed, Göran Persson, Berlusconi, Bush und Susan Sontag.

Schweigen ist ein Verbrechen, schlimmer als alle anderen, es ist Ermunterung zum Verbrechen, Anstiftung.

Niemand, dem seine Erzählung vernichtet zu werden

droht, oder der die Erzählung eines anderen bedroht sieht, darf das stillschweigend geschehen lassen.

Die Erinnerung ist nicht trügerisch, sie ist das treueste, was es gibt; Erinnerung ist Identität. Zwischen damals und jetzt gibt es keine verdunkelnde Distanz. Damals ist jetzt. Jetzt ist damals. Wer nicht gleichzeitig im Jetzt lebt und im Damals, hat weder Wurzeln noch lebt er. Und wenn etwas unvermeidlich ist, dann die Durchsichtigkeit des Menschenherzens – wie sonst sollte man die Welt durch es sehen? So denke ich, als Madame C in ihrem rotlila Renault vorfährt, die Autotür öffnet, ihr Kleid umfasst, ihre schlanken Füße in den Riemchensandalen aufsetzt, die Pforte öffnet und »*bonjour*« ruft. Dann den gefliesten Weg hinunter geht, so leicht und anmutig, wie nur Madame C den gewundenen Weg zu gehen vermag, bis hinunter zur Terrasse, und fragt, ob ich mit dem Buch fertig bin.

»*C'est fini?*«

»Madame C«, sage ich, »Célestine, Céleste.

Das Buch ist nicht geschrieben. Nicht ein Wort ist niedergeschrieben, kein Buchstabe. Aber seien Sie überzeugt, bis zur Deadline, in sieben Tagen also, Céleste, Célestine, wird es fertig sein.

Nicht um deinetwillen, Célestine. Nicht um meinetwillen, und auch nicht wegen Finistère. Sondern um der Lust willen, es zu tun und der Notwendigkeit. Der Lust und der Wut. Der Wut, weshalb ich das Buch schreiben werde, Célestine, und nicht um deinetwillen.

Halte dich solange fern, und am siebten Tag wird das Buch fertig sein.

Der Himmel ist mein Zeuge, Céleste, das Rotkehlchen und das Geißblatt, die Sterne von Finistère und die Maulwürfe in der Erde.«

Madame C ist mit gesenktem Kopf stehen geblieben. Wie sich der Stängel der Wicke beugt, wo er an die Blüte stößt, hält sie ihren Kopf gesenkt. Legt die Handflächen aneinander wie ein Buddhist und sagt nachdrücklich und in tiefem Ernst:

»*Bon courage* mit dem Schreiben.«

Der Brillant versendet aus allen achtundfünfzig Facetten sein Licht.

»*Bon courage, chère amie.*«

Ihr Vertrauen, dass das Buch in sieben Tagen fertig sein wird, ist grenzenlos, und das weiß ich und das ist sehr gut.

»Also bis in sieben Tagen«, sagt Madame C.

»Bis in sieben Tagen«, sage ich. Worauf wir uns auf die Wangen küssen, als hätten wir nie etwas anderes getan, keine Frage, welche Wange zuerst kommt.

Madame C ist noch nicht beim Auto angekommen, da hat mein Stift den ersten Bogen gefüllt.

Die Tinte fließt aus dem Füller, meine Handschrift ist klar und energisch.

Der Geruch der Tinte mischt sich mit dem Duft von Geißblatt und dem Geruch des Ablaufbrunnens. Ein Blütenblatt fällt auf das Papier, es wird gut.

Die riesigen Schilde der Sonnenblumen schützen mich vor der Welt und umgekehrt. Das Rotkehlchen pickt zu meinen Füßen, und die Sonne zieht ihre Bahn über den Himmel.

Der Wind trocknet die Tinte, nachdem ich die Seiten von Anfang bis Ende mit einer Erzählung fülle, deren Anfang bisher lautet:

»So weit weg und ganz allein.

Ich sitze in meinem Garten in Finistère. Es ist Ende Juli des Jahres zweitausendeins, Nachmittag, zarter Dunst liegt über der Landschaft. Der Atlantik atmet Gezeiten und Tang. Der beruhigende Ton der Warnboje wie von einer Eule.

Ich wohne in Finistère, weil

## *Inhalt*